韓語發音速查表

左表

	ㅏ Y / a	ㅑ ㄧㄚ / ya	ㅓ ㄜ / eo	ㅕ ㄧㄜ / yeo	ㅗ ㄛ / o	ㅛ ㄧㄛ / yo	ㅜ ㄨ / u	ㅠ ㄧㄨ / yu	ㅡ ㄜ / eu	ㅣ ㄧ / i
ㄱ 《/ㄎ g/k	가 ga/ka	갸 gya/kya	거 geo/keo	겨 gyeo/kyeo	고 go/ko	교 gyo/kyo	구 gu/ku	규 gyu/kyu	그 geu/keu	기 gi/ki
ㄴ ㄋ n	나 na	냐 nya	너 neo	녀 nyeo	노 no	뇨 nyo	누 nu	뉴 nyu	느 neu	니 ni
ㄷ ㄉ/ㄊ d/t	다 da/ta	댜 dya/tya	더 deo/teo	뎌 dyeo/tyeo	도 do/to	됴 dyo/tyo	두 du/tu	듀 dyu/tyu	드 deu/teu	디 di/ti
ㄹ ㄌ r	라 ra	랴 rya	러 reo	려 ryeo	로 ro	료 ryo	루 ru	류 ryu	르 reu	리 ri
ㅁ ㄇ m	마 ma	먀 mya	머 meo	며 myeo	모 mo	묘 myo	무 mu	뮤 myu	므 meu	미 mi
ㅂ ㄅ/ㄆ b/p	바 ba/pa	뱌 bya/pya	버 beo/peo	벼 byeo/pyeo	보 bo/po	뵤 byo/pyo	부 bu/pu	뷰 byu/pyu	브 beu/peu	비 bi/pi
ㅅ ㄙ/ㄒ s	사 sa	샤 sya	서 seo	셔 syeo	소 so	쇼 syo	수 su	슈 syu	스 seu	시 si

右表

	ㅏ Y / a	ㅑ ㄧㄚ / ya	ㅓ ㄜ / eo	ㅕ ㄧㄜ / yeo	ㅗ ㄛ / o	ㅛ ㄧㄛ / yo	ㅜ ㄨ / u	ㅠ ㄧㄨ / yu	ㅡ ㄜ / eu	ㅣ ㄧ / i
ㅇ □	아 a	야 ya	어 eo	여 yeo	오 o	요 yo	우 u	유 yu	으 eu	이 i
ㅈ ㄐ/ㄗ j/c	자 ja/ca	쟈 jya/cya	저 jeo/ceo	져 jyeo/cyeo	조 jo/co	죠 jyo/cyo	주 ju/cu	쥬 jyu/cyu	즈 jeu/ceu	지 ji/ci
ㅊ ㄘ/ㄑ ch	차 cha	챠 chya	처 cheo	쳐 chyeo	초 cho	쵸 chyo	추 chu	츄 chyu	츠 cheu	치 chi
ㅋ ㄎ k	카 ka	캬 kya	커 keo	켜 kyeo	코 ko	쿄 kyo	쿠 ku	큐 kyu	크 keu	키 ki
ㅌ ㄊ t	타 ta	탸 tya	터 teo	텨 tyeo	토 to	툐 tyo	투 tu	튜 tyu	트 teu	티 ti
ㅍ ㄆ p	파 pa	퍄 pya	퍼 peo	펴 pyeo	포 po	표 pyo	푸 pu	퓨 pyu	프 peu	피 pi
ㅎ ㄏ h	하 ha	햐 hya	허 heo	혀 hyeo	호 ho	효 hyo	후 hu	휴 hyu	흐 heu	히 hi

소주

금敏珍、第二外語
發展語研中心 ／著

문제
없어요

全圖解！
韓語會話
口說便利本

고마워요

돌솥비빔밥

看圖學韓語就是快，食衣住行・育樂・工作……，
7大生活主題，**100**個情境會話，
一次學會最常用的生活韓語，立即開口說！

대한민국

看得到的通通用韓語說出來！

學了一、二年韓語，碰到韓國人怎麼還是「음…음…」！

所有韓語學習者最棘手的，就是遇到真實場景，背了一大堆的句型卻派不上用場，出門時該說什麼？用餐點菜時要如何表達？不會使用自動售票機時該怎麼求救？「실례합니다」是掛電話的時候說？還是進門的時候用？到底什麼時候該說什麼話？

《全圖解！韓語會話口說便利本》解決了韓語學習的困擾，以彩色圖像畫面記憶，主題對話立即脫口而出，再加上反覆聆聽情境對話CD，會話技巧必定日臻成熟！本書特別企劃了日常生活中經常發生的情境，包括居家、交通、工作、外出用餐、購物、人際關係以及休閒生活七大主題，寫實呈現100個情境對話，並特別收錄像垃圾分類、等紅綠燈、業績報告、電腦聊天室、服裝改尺寸、宅配到府、算命、芳香精油等，最符合現今環境、最新流行的話題。幫助各位讀者在不同對話情境下，掌握會話的關鍵時機，展現韓語會話技巧！

本書突破傳統語文學習書的灰白印象，每個主題對話皆搭配一頁色彩豐富的情境圖像，並附有專業韓籍老師所錄製的對話CD，學習者可結合視覺與聽覺，迅速上手，並且生動如臨現場，自然而然加深韓語對話的記憶。

現在我們所要學習的不是教科書裡的艱澀韓語，而是日常生活的韓語喔。一起以輕鬆又愉快的心情來學習吧！

結合視覺與聽覺，韓語會話從此不結巴！

看著情境彩圖，想像你是其中的
主角，角色扮演遊戲開始囉！

每個場景至少記住一個對話喔！

跟著CD練習說，韓語會話上達！

重點直擊，最關鍵句型語法輕鬆解讀！

你也可以這樣說，換個
字彙試試看！

彩圖中的對話，再練習一次！

目　錄

Unit 1　居家

MP3-01-18

第1景	玄關	出門 ・・・・・・・・	P12	track1
第2景	玄關	進門 ・・・・・・・・	P14	track2
第3景	客廳	電視節目 ・・・・・	P16	track3
第4景	客廳	喝茶 ・・・・・・・・	P18	track4
第5景	電話	接電話 ・・・・・・	P20	track5
第6景	電話	打電話 ・・・・・・	P22	track6
第7景	飯廳	吃飯 ・・・・・・・・	P24	track7
第8景	飯廳	吃飽了 ・・・・・・	P26	track8
第9景	廚房	做菜 ・・・・・・・・	P28	track9
第10景	廚房	垃圾處理 ・・・・・	P30	track10
第11景	陽台	洗衣服 ・・・・・・	P32	track11
第12景	陽台	曬衣服 ・・・・・・	P34	track12
第13景	書桌	打電腦 ・・・・・・	P36	track13
第14景	書桌	看小說 ・・・・・・	P38	track14
第15景	臥室	睡覺 ・・・・・・・・	P40	track15
第16景	臥室	起床 ・・・・・・・・	P42	track16
第17景	浴室	新浴室 ・・・・・・	P44	track17
第18景	浴室	上廁所 ・・・・・・	P46	track18

Unit 2　交通

MP3-19-29

第19景	公車站	等公車 ・・・・・・・・	P50	track19

第20景	公車上	在哪下車・・・・・・・・	P52	track20
第21景	捷運車站	買車票・・・・・・・・	P54	track21
第22景	捷運上	轉車・・・・・・・・	P56	track22
第23景	計程車	叫計程車・・・・・・・・	P58	track23
第24景	計程車上	轉彎・・・・・・・・	P60	track24
第25景	步行	路口・・・・・・・・	P62	track25
第26景	十字路口	等紅綠燈・・・・・・・・	P64	track26
第27景	加油站	加油・・・・・・・・	P66	track27
第28景	車內衛星導航	交流道・・・・・・・・	P68	track28
第29景	休息站	看地圖・・・・・・・・	P70	track29

Unit3 工作

MP3-30-47

第30景	公司大廳	碰到同事・・・・・・・・	P74	track30
第31景	電梯	等電梯・・・・・・・・	P76	track31
第32景	社長室	例行會議・・・・・・・・	P78	track32
第33景	辦公桌	同事外出・・・・・・・・	P80	track33
第34景	辦公桌	轉分機・・・・・・・・	P82	track34
第35景	電腦	E-mail・・・・・・・・	P84	track35
第36景	電腦	Yahoo Messenger・・・	P86	track36
第37景	影印機	操作影印機・・・・・・・	P88	track37
第38景	印表機	卡紙・・・・・・・・	P90	track38
第39景	接待室	客戶來訪・・・・・・・	P92	track39
第40景	接待室	久等了・・・・・・・・	P94	track40
第41景	部長室	部長召喚・・・・・・・・	P96	track41

目　錄

第42景　部長室　　　業績報告 ・・・・・・・ P98　　　track42
第43景　茶水間　　　倒茶 ・・・・・・・・・ P100　　track43
第44景　茶水間　　　道人長短 ・・・・・・・ P102　　track44
第45景　視訊會議室　投影機 ・・・・・・・・ P104　　track45
第46景　視訊會議室　國際會議 ・・・・・・・ P106　　track46
第47景　櫃檯　　　　下班 ・・・・・・・・・ P108　　track47

Unit4　外出用餐

MP3-48-56

第48景　餐廳門口　　決定地點 ・・・・・・・ P112　　track48
第49景　等候區　　　等位 ・・・・・・・・・ P114　　track49
第50景　等候區　　　帶位 ・・・・・・・・・ P116　　track50
第51景　餐桌　　　　討論菜單 ・・・・・・・ P118　　track51
第52景　餐桌　　　　點菜 ・・・・・・・・・ P120　　track52
第53景　餐桌　　　　加點 ・・・・・・・・・ P122　　track53
第54景　沙拉吧　　　吃到飽 ・・・・・・・・ P124　　track54
第55景　櫃台　　　　結帳 ・・・・・・・・・ P126　　track55
第56景　櫃台　　　　各付各的 ・・・・・・・ P128　　track56

Unit5　購物

MP3-57-66

第57景　便利商店零食品　新商品 ・・・・・・・ P132　　track57
第58景　便利商店飲料品　進口飲料 ・・・・・・ P134　　track58

第59景	超市入口處	推車 · · · · · · · ·	P136	track59
第60景	超市蔬果區	產地直送 · · · · · ·	P138	track60
第61景	超市調味料區	保存期限 · · · · · ·	P140	track61
第62景	百貨公司詢問處	特賣資訊 · · · · · ·	P142	track62
第63景	百貨公司試衣間	試穿 · · · · · · ·	P144	track63
第64景	百貨公司修改處	改尺寸 · · · · · · ·	P146	track64
第65景	百貨公司包裝處	包裝 · · · · · · ·	P148	track65
第66景	百貨公司家電區	宅配運送 · · · · · ·	P150	track66

Unit6 人際關係

MP3-67-79

第67景	巷弄裡	今日行程 · · · · · · ·	P154	track67
第68景	學校	友情 · · · · · · · ·	P156	track68
第69景	語言補習班	韓文課 · · · · · · ·	P158	track69
第70景	學校餐廳	父母節 · · · · · · ·	P160	track70
第71景	書店	書店訂書取貨 · · · ·	P162	track71
第72景	麵包店	集點卡 · · · · · · ·	P164	track72
第73景	文具店	記事本 · · · · · · ·	P166	track73
第74景	漫畫王	漫畫 · · · · · · · ·	P168	track74
第75景	唱片行	音樂 · · · · · · · ·	P170	track75
第76景	旅行社	旅行 · · · · · · · ·	P172	track76
第77景	精品店	名牌貨 · · · · · · ·	P174	track77
第78景	圖書館	借書 · · · · · · · ·	P176	track78
第79景	MSN	加入聊天 · · · · · ·	P178	track79

目　錄

Unit 7　休閒生活

MP3-80-100

第80景	遊樂中心	大頭貼 · · · · · · · ·	P182	track80
第81景	電影院	看電影 · · · · · · · ·	P184	track81
第82景	美術館	畫展 · · · · · · · ·	P186	track82
第83景	動物園	企鵝寶寶 · · · · · · · ·	P188	track83
第84景	咖啡廳	黑咖啡 · · · · · · · ·	P190	track84
第85景	茶館	下午茶 · · · · · · · ·	P192	track85
第86景	夜市	路邊攤 · · · · · · · ·	P194	track86
第87景	寵物店	養兔子 · · · · · · · ·	P196	track87
第88景	花店	買花 · · · · · · · ·	P198	track88
第89景	結婚典禮	包紅包 · · · · · · · ·	P200	track89
第90景	KTV	生日派對 · · · · · · · ·	P202	track90
第91景	健身房	健身器材 · · · · · · · ·	P204	track91
第92景	公園	吃便當 · · · · · · · ·	P206	track92
第93景	游泳池	學游泳 · · · · · · · ·	P208	track93
第94景	郵局	寄件 · · · · · · · ·	P210	track94
第95景	銀行	換韓幣 · · · · · · · ·	P212	track95
第96景	機場	出國 · · · · · · · ·	P214	track96
第97景	醫院	感冒 · · · · · · · ·	P216	track97
第98景	寺廟	算命 · · · · · · · ·	P218	track98
第99景	美容院	染頭髮 · · · · · · · ·	P220	track99
第100景	精油專賣店	芳香精油 · · · · · · · ·	P222	track100

韓語文法簡介

句子結構

韓語的句子結構和中文大不相同，中文多為「主詞＋動詞＋受詞」；而韓語則為「主詞＋受詞＋動詞」，動詞一般都是置於句尾的。

時制

韓語表現過去、現在、未來的方式和中文不同，由動詞形態變化來呈現。例如：

☞「過去」是在動詞語幹、形容詞語幹後接「었, 았, 였」來表現。

如：먹다→먹었습니다/먹었어요.

☞「現在」是將原形動詞或形容詞改為格式或非格式體後就可以使用。

如：가다→갑니다/가요.

☞「未來」是在動詞語幹後接「-(으)ㄹ」來表現。

如：모레 비가 올 것 같아요.（後天似乎會下雨。）

　　내일 친구가 올 거예요.（明天朋友要來。）

助詞

韓語有使用多種助詞的情況，助詞在韓語中扮演很重要的角色，助詞都接在名詞後，而不同的助詞接在一個詞語後會顯示出不同的涵義。例如：

☞主格助詞：이, 가

☞受格助詞：을, 를

語尾

韓語語尾有分連結語尾和終結語尾，兩者缺一不可，尤其韓語的終結語尾甚多，有對長輩使用的極尊待法、一般尊敬的普通尊待、或親密的朋友間和對晚輩使用的半語，且語氣也都由終結語尾來表示。語尾通常都是從動詞語幹、形容詞語幹後變化而成。例如：

☞終結語尾「-(으)ㅂ시다」:빨리 갑시다!（快走吧！）

☞連接語尾「-(으)면서」:영화를 보면서 팝콘을 먹어요.（邊看電影邊吃爆米花。）

어머니 나가셨어요.

Unit **1**居家

어머니 계시니?

出門

다녀올게요.

어서 다녀와.

「다녀오다」是去了再回來的意思。出門的時候用「다녀올게요」（~(으)ㄹ게요）。在家的人則回答「다녀와요」。文章中的兒子對母親用敬語，母親則對兒子用半語。「다녀와요」中的「요」去掉就變成半語了（為長輩對晚輩、平輩間、關係親密的朋友、家人間所使用）。

track-1

去哪裡呢？
어디 나가니?

去便利商店買個東西。
편의점에 물건을 사러 가요.

在下雨耶，下次再去啊。
비가 오는데 다음에 가지.

現在就需要。媽媽有需要的東西嗎？
지금 꼭 필요해요.어머니도 필요한 물건 있어요?

那，買餅乾回來吧。
그럼, 과자 좀 사오너라.

好。要什麼餅乾呢？
네. 무슨 과자요?

都可以。快去吧！
다 괜찮아. 어서 다녀와.

那我走了！
그럼, 다녀올게요.

換個方式說說看

지금 꼭 필요해요. →필요한 물건이 있어요. (有需要的東西。)
어머니도 필요한 물건 있어요? →어머니는 무엇이 필요해요?
（媽媽需要什麼呢？）

主題相關字彙

편의점（便利商店）
세븐 일레븐（7-11）
훼미리마트（全家便利商店）
엘지 25（LG 25）

進門

저 왔어요.

왔어? 오늘 늦었구나. 데이트했니?

 說韓語的技巧！

終結語尾「～니」是半語，為疑問終結語尾，為同輩之間或長輩對晚輩使用。例如「커피는 맛있니?」（咖啡好喝嗎？）「너는 나를 사랑하니?」（你愛我嗎？）

終結語尾「～지」是半語，為疑問終結語尾，用於強調自己的想法、勸誘對方、期待對方認同自己之意。例如：「이 영화는 재미있지?」（這部電影好看吧？）「그 시계가 멋있지?」（那手錶很帥吧？）

14

我回來了。
저 왔어요.

回來啦。今天很晚耶，約會嗎？
왔어?. 오늘 늦었구나. 데이트했니?

不是啦，因為今天是始源先生的歡送會，所以有點晚。
아니요. 오늘 시원씨의 환송회 때문에 늦었어요.

始源？是上次來我們家那位年輕人，對吧？
시원? 저번에 우리 집에 온 그 청년 맞지?

嗯，他要調去更好的公司了。
네. 더 좋은 회사로 옮겨요.

是喔。
그래.

媽媽在哪呢？
엄마는요?

在房間。
방에 있어.

換個方式說說看

환송회 때문에 늦었어요.→환송회가 있어서 늦었어요.
（因為有歡送會，所以有點晚。）
회사를 옮겨요.→이직（離職）
엄마는요?→엄마는 어디에 있어요?（媽媽在哪呢？）

主題相關字彙

환송회（歡送會）
망년회（尾牙）
회식（公司聚餐）
파티（派對）

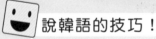 說韓語的技巧！

「～구나」是半語，表示感嘆、驚嘆、慨嘆的終結語尾。

例如：「아! 그렇구나!」（啊！原來如此！）

「진짜가 아니구나!」（不是真的那！）

爸爸，請給我看一下電視節目時刻表。
아빠, 프로그램 시간표 좀 보여 주세요.

怎麼，是連續劇嗎？
그래, 연속극이니?

嗯，我想看一下「花樣男子」是在哪一台播？
네. 「꽃보다 남자」가 어디에서 해요?

等一下喔。嗯KBS在播耶。
기다려라. 음... KBS에서 하는구나.

10點開始，對吧！
10시에 시작하죠?

對。
그래.

知道了。謝謝。
알겠어요. 고마워요.

因為明天有客人要來，不要太晚睡喔！
내일 집에 손님이 오시니까 너무 늦게 자지 마라!

 換個方式說說看
10시에 시작하죠?
→10시에 시작하는 거 맞지요? (10點開始，對吧？)

 主題相關字彙
연속극 (連續劇)
텔레비전 프로그램 (電視節目)
코미디 (喜劇)
뉴스 (新聞)
쇼 프로그램 (綜藝節目)

喝茶

 說韓語的技巧！

詢問對方意見時，在動詞語幹後加「~(으)ㄹ래요」，中文為「要不要」之意。
例如：「커피를 마실래요?」（要不要喝咖啡？）
而名詞+어때요?中文為「怎麼樣」的意思，還是韓文常用的表達法。
例如：「녹차 어때요?」（綠茶怎麼樣？）

居
家

喝

茶

我要泡咖啡，您想要喝嗎？
커피 탈 건데 당신도 마실래요?

不，不用。
아니요. 필요없어요.

您不是每天喝咖啡嗎？好奇怪耶。
당신 커피 매일 마시잖아요? 이상하네요.

今天不想喝。
오늘은 마시기 싫어요.

怎麼了嗎？
왜요?

今天胃不舒服。所以不想喝。
오늘 속이 안 좋아서 마시고 싶지 않아요.

那，要喝牛奶嗎？
그럼, 우유 마실래요?

好，請給我牛奶吧。
네. 우유로 주세요.

 換個方式說說看
우유 마실래요?→우유 어때요?
（牛奶怎樣呢？）

 語 尾
終結語尾→ ~네요
~네요是表達感嘆、驚嘆的終結語尾。
常用於說明自己的感覺或情緒上的發現。
例如：동물원의 동물들이 너무 귀엽네요. (動物園的動物好可愛喔。)

接電話

 說韓語的技巧！

韓國人說話時很注重禮節，將語言的使用分成「對內」和「對外」。提到別人的媽媽時用「어머니、어머님」；說到自己的媽媽時用「저의 어머니」；問到對方在不在用「계시다」（＝있다 在）；提到自己的狀況用「～입니다」。對外時用「敬語」，對內時用「卑語」。

喂～
여보세요.

喂，我是始源的媽媽。
여보세요. 시원이 엄마야.

您好。
안녕하세요.

你媽媽在嗎？
어머니 계시니?

媽媽出門了。
어머니 나가셨어요.

這樣啊。什麼時候會回來呢？
그래. 언제 돌아오시니?

我不知道耶。
전 모르겠어요.

那請你跟媽媽轉達，說始源的媽媽有打電話來。
어머니한테 시원이 엄마가 전화 왔었다고 전해 줘.

居

家

接 電 話

換個方式說說看

動詞敬語表達：不論何種動詞，都各有其敬語表達的方式，例如：

「먹다」（吃）→「잡수시다」

「자다」（睡覺）→「주무시다」

「있다」（在）→「계시다」

而一般都是在動詞語幹後面加上「시」，再做語尾變化就變成敬語

了，例如：

「나가다」（出去）→「나가시다」

「오다」（來）→「오시다」

打電話

 說韓語的技巧！

韓文的「再見」有兩種。分別是「안녕히 가세요」和「안녕히 계세요」。「안녕히 가세요」是留在原地的人對要離開此地的人所說的；「안녕히 계세요」則是離開此地的人對留在原地的人所說的。而在電話當中的再見，都是使用「안녕히 계세요」喔。

喂。
여보세요.

您好,我是英雄的朋友孝莉。英雄在家嗎?
안녕하세요. 저는 영웅의 친구 효리예요. 영웅이 집에 있어요?

英雄還沒回來喔。
영웅이 아직 안 들어왔는데요.

那麼,不好意思,英雄回來的話,可以請您轉告他說我有打電話給他嗎?
그럼 죄송하지만 영웅이가 오면 전화왔었다고 전해 주세요.

知道了。孝莉小姐,是吧?
알았어요. 효리씨 맞지요?

是的。
네.

好。
그래요.

再見。
안녕히 계세요.

換個方式說說看
영웅이 아직 안 들어왔는데요.
→영웅이 아직 안 들어왔어요.
(英雄還沒回來喔。)
영웅이가 오면 전화왔었다고 전해 주세요.
→영웅이가 오면 전화왔었다고 말해 주시겠어요?
(英雄回來的話,可以請您轉告他說我有打電話給他嗎?)

吃 飯

> 너 먼저 먹어라.

> 잘 먹겠습니다!

 說韓語的技巧！

「잘 먹겠습니다」是吃飯前對準備飯菜的人表達感謝之意的用語，是「我會好好地吃」的意思。吃完飯後就可以說「잘 먹었습니다」，此句的意思是「我吃得很好」，這兩句用語是對準備飯菜的人禮貌性地表達感謝。

居家

吃飯

哇，今天好豐盛啊！
와, 오늘 아주 푸짐해요!

是啊，孝莉考上大學囉。
그래. 효리가 대학에 합격했어.

哇，姊姊考上了。
와, 누나가 합격했어요.

嗯，所以我準備了很多道菜喔。
그래. 그래서 음식을 많이 준비했어.

爸爸和姊姊還沒回來嗎？
아빠하고 누나는 아직 안 왔어요?

好像會晚點回來，所以你先吃吧。
늦게 올 것 같아. 너 먼저 먹어라.

YA－開動囉！筷子在哪裡啊？
야! 잘 먹겠습니다! 젓가락 어디에 있어요?

哎呀，我突然忘了。去拿出來吧。
아이구, 내가 깜박했구나. 가서 꺼내오너라.

내가 깜박했구나.
→내가 잊어버렸구나. (我忘記了耶。)

終結語尾→「～거라」、「～너라」
～거라、～너라是表示命令對方或指示的終結語尾，使用對象為長輩對晚輩使用。
例如：「어서 먹거라.」(快點吃)、「어서 오너라.」(快點來)。

吃飽了

 說韓語的技巧！

在用餐完後，對準備飯菜的媽媽或招待你而準備飯菜的主人說聲「잘 먹었습니다」，這是禮貌性的答覆。此外，當你吃菜用餐而感到飽足時，也要主人還要叫你多吃幾碗，可以委婉的說聲「배 불러요」、「너무 배불러서 더 못 먹겠어요」來拒絕。

對了，我們公司的部長因為吃了河豚而食物中毒了。
있잖아요, 우리회사 부장님이 복어를 먹고 식중독에 걸렸어요.

食物中毒啊？真糟糕耶。
식중독? 큰일이네.

現在在住院。
지금 병원에 입원해 계세요.

要去醫院看看他吧？
병문안 가야지?

嗯，我會去。
네. 갈 거예요.

所以啊，吃東西的時候還是要小心喔。
그러니까 음식을 먹을 때 조심해야 해.

對啊，啊吃飽了，吃不下了啦。
맞아요. 아! 배부르다! 더 못 먹겠어요.

那麼就不要吃了。
그럼 그만 먹거라.

換個方式說說看

배부르다! 더 못 먹겠어요.
→너무 배불러서 더는 못 먹겠어요.
（因為吃太飽，所以不能再吃了。）

終結語尾→「~야지」、「~(ㄴ)다」
~야지為表示「應該…、應該要…」之意。例如：오늘은 공부를 해야지.（今天要讀書了）。
~(ㄴ)다為平述句語尾，通常無說話對象，只是客觀描述事物或說明情況時使用。例如：와!날씨가 좋다.（哇！天氣真好）。

做菜

이 올리브유가 맛의 비결이야.

다 됐어요.

 說韓語的技巧！

「됐어요」雖然是一句簡單的表達，但卻代表了多樣的意義。

1. 「完成」的意義：做好菜或完成工作等時，可以說「됐어요」、「다 됐어요」。

2. 「算了、作罷」的意義：和朋友用完餐後，你幫朋友結帳，當朋友要遞錢給你時可以說「됐어요」。

今天我來做，請教我吧。
오늘은 제가 할게요. 가르쳐 주세요.

好，那我們先做涼拌小黃瓜吧。
그래. 그럼 먼저 오이무침을 하자.

嗯。
네.

首先，將小黃瓜切成絲，然後放入碗裡。
먼저 오이를 채썰고 그릇에 담거라.

這樣子嗎？
이렇게요?

嗯，接著來烤魚吧！這橄欖油是使味道好吃的秘訣喔。
그래. 그 다음에 생선을 굽자! 이 올리브유가 맛의 비결이야.

嗯，都完成了。要鋪吸油紙嗎？
네. 다 됐어요. 기름종이를 깔까요?

是啊，等油全部滲出後，再放到吸油紙上面喔。
그래. 기름이 빠질 때까지 기름종이 위에 올려놓아.

 語　尾
終結語尾→「～자」
～자為表「建議或勸誘」的語尾，屬半語語尾，長輩對晚輩或平輩間可使用。中文為「～吧」。例如：「같이 밥을 먹자.」（一起吃飯吧）。

主題相關字彙
가장 자신 있는 요리（拿手菜）
엄마의 손맛（媽媽的味道）
가정식（家常菜）

垃圾處理

왜 규칙대로 하지 않는 다니?

說韓語的技巧！

「～ㄴ/는 다니」為看到眼前的某種事實或狀態，表達無語、驚嘆「情緒特濃縮的用語，大部分用在自言自語上。例如：「한 번 들은 것을 잊지 않는다니」竟聽一次就不會忘（解釋厲害的記憶力）。

誰把瓶子放在這啊?
누가 병을 여기에 넣었니?

不是我弄的。
제가 안 했어요.

那麼,是你爸爸囉!
그럼, 네 아버지 겠구나!

嗯,大概是吧。
네. 아마도요.

為什麼不照規矩來做呢?不然為什麼會有分類回收桶?
왜 규칙대로 하지 않는 다니? 그럼 분리수거통은 왜 있는 거겠니?

沒錯。
맞아요.

總之你也要注意。
아무튼 너도 주의하거라.

知道了。
알겠어요.

換個方式說說看

제가 안 했어요.
→제가 한 게 아니에요. (不是我弄的。)
그럼 네 아버지 겠구나!
→그럼 너의 아버지가 한 것이겠구나! (那麼,是你爸爸囉!)
너도 주의하거라.
→너도 주의하도록 해라. (你也要注意。)

洗衣服

副詞格助詞「～(으)로」的意思有很多，但大體上是表示「手段、方法、方向、場所」。例如：「입으로 밥을 먹는다」（用嘴巴吃飯）；「해가 서쪽으로 진다」（太陽往西邊落下）。

32

請幫我乾洗這件毛衣。
이 스웨터 좀 드라이크리닝 해 주세요.

這在家洗就行了。
이거 집에서 빨면 돼.

這是羊毛的喔。
이거 양털인대요.

用乾洗劑洗就可以了。
드라이크리닝제로 빨면 돼.

不會變小嗎?
줄어들지 않나요?

不會用洗衣機洗,別擔心啦。
세탁기로 빠는 게 아니니까 걱정 말렴.

知道了。那拜託囉。
알겠어요. 부탁할게요.

今天不行,明天再幫你洗。
오늘은 안 되고 내일 빨아 주마.

換個方式說說看
줄어들지 않나요?
→줄어들지 않을까요? (會不會變小?)

語 尾
終結語尾→「～렴」、「～(으)마」
～렴為指示的終結語尾,有「勸說、勸誘」的意思。長輩對晚輩使用,例如:이 김치를 좀 먹어보렴. (過來嚐嚐這泡菜)。
～(으)마接於動詞語幹後,表「答應、會去做」的意思。長輩對晚輩使用,例如:이 일을 내가 처리하마. (我來處理這件事)。

曬衣服

居

家

媽媽，沒有可以穿的襪子。
엄마, 신을 양말이 없는데요.

是嗎？因為最近是梅雨季，所以洗的衣物很難乾。
그래? 요즘 장마철이라 빨래가 잘 안 마르는구나.

曬

衣

服

那該怎麼辦呢？
그럼 어떡하죠?

明天應該會乾吧。
내일까지는 마르겠지.

沒問題嗎？
문제 없어요?

嗯，可以啦。這時如果有烘乾機就好了。
그래. 괜찮을 거야. 이럴 때는 건조기가 있었으면 좋겠어.

那買吧。很方便耶。
그럼, 사요. 너무 불편해요.

嗯，問看看爸爸吧。
그래. 아빠한테 물어 보자.

換個方式說說看
어떡하죠?
→어떻게 해요? (怎麼辦？)
이럴 때는 건조기가 있었으면 좋겠어.
→이럴 때 건조기가 꼭 필요하지. (這時就需要烘乾機)

語 尾
「~자」接於動詞語幹後，有「~吧」之意。長輩對晚輩或平輩之間所使
用的，例如：이 영화를 같이 보자. (一起看這部電影吧)。

打電腦

알겠어요!

왜 게임을 하고 있어?

 說韓語的技巧！

「그만하세요」的意思為「夠了、停止」，其中「그만」表示「到某程度」的意思，所以意思是請做（脫）到哪裡為止。文章中的爸爸不喜歡孩子一隻字說「그만하세요」也許，看起來是不太舒服的衰變。或者，男生對生氣的女友不斷糾纏時，女生就會回「그만해」（夠了沒！）。

別玩遊戲了，讀點書吧。
게임만 하지 말고 공부 좀 하렴.

是。
네.

你不是說要用電腦唸書嗎？
컴퓨터로 공부한다고 말하지 않았니?

好，唸書的時候會用啊。
네. 공부할 때도 사용해요.

馬上就要期中考了，對吧？
곧 중간고사 맞지?

對。下週開始。
네. 다음 주에 시작해요.

那麼，為什麼在玩遊戲呢？
그럼, 왜 게임을 하고 있어?

知道了啦！別再唸了啦。
알겠어요! 좀 그만하세요.

換個方式說說看

공부 좀 하렴.→공부 좀 해라. (讀點書吧。)
말하지 않았니?→말 했잖아? (不是說過嗎？)

主題相關字彙

마우스（滑鼠、Mouse）
키보드（鍵盤、Keyboard）
하드웨어（硬體、Hardware）
소프트웨어（軟體、Software）
인터넷게임（電腦遊戲、Internet Game）

 說韓語的技巧！

「오늘 중으로～」是「今日」加上「中」而來，意思是指「在今天之內」。這裡所要表達的是「在今天內要看完這本書」。當然也可以說「오늘 중으로 완성해야 합니다.」（今天內一定要完成）。

我要和爸爸去超市，姊姊要去嗎？
아빠하고 마트에 갈 건데 누나도 갈래?

幾點？
몇시에?

爸爸等一下要出發了。
아빠가 이따가 출발하신데.

不要，不想去。
싫어. 안 갈래.

真的嗎？不去嗎？
정말? 안 갈 거야?

嗯。今天要把這本書全部看完。
응. 오늘 중으로 이 책을 다 봐야 해.

知道了，有需要的東西嗎？
알겠어. 뭐 필요한 거 있어?

不，沒有。
아니. 없어.

換個方式說說看

오늘 중으로 이 책을 다 봐야 해.
→오늘 안으로 이 책을 다 봐야 해.
（今天內要把這本書全部看完。）
→오늘까지 이 책을 다 봐야 해.
（到今天要把這本書全部看完。）
→내일 전까지 이 책을 다 봐야 해.
（到明天前為止要把這本書全部看完。）

睡覺

잘 자. 불 끈다!

불 켜고 잘 거야.

說韓語的技巧！

在韓國，兄弟姊妹或親近的朋友間是使用半語。「잘 자」（晚安）意思「晚安」。中譯「요」刪除，就變成半語。對長輩要用有禮貌的敬語，就說「안녕히 주무세요.」、「안녕히 주무십시오」。

姊姊，現在在幹嘛？
누나, 지금 뭐해?

幹嘛？
왜?

現在在睡覺嗎？還是還沒睡？
지금 자? 안 자지?

要睡了。有什麼事啊？
잘 거야. 무슨 일이야?

對不起，明天再說吧。
미안. 내일 얘기하자.

好。晚安。
그래.잘 자.

晚安。關燈囉！
잘 자. 불 끈다!

不要。不要關。我要開燈睡覺。
아니야. 끄지 마. 불 켜고 잘 거야.

換個方式說說看
불을 켜고 자다 (開著燈睡)
→불을 끄고 자다 (不關燈睡)
→불이 켜진 채로 자다 (燈開著睡)
→불이 있으면 잠을 못 잔다 (開燈就睡不著)
→불이 없으면 잠을 못 잔다 (關燈就睡不著)

主題相關字彙
불、등 (燈)
스탠드 (檯燈、stand)
스위치 (開關、switch)

起床

 爸爸，睡得好嗎？
아빠, 안녕히 주무셨어요?

 啊。妳睡得好嗎？
그래. 잘 잤니?

 到現在似乎還是有點睡眠不足。
잠이 아직 부족한 것 같아요.

 電腦用到幾點呢？
인터넷 몇시까지 했니?

 不是啦。作了奇怪的夢。所以睡不太著。
아니에요. 이상한 꿈을 꾸었어요. 그래서 잠을 잘 못 잤어요.

 惡夢嗎？
악몽이니?

 不是。夢到我變成了超人在天空飛來飛去。
아니요. 슈퍼맨으로 변해서 하늘을 날아다녔어요.

 是嗎？真是奇怪的夢耶。
그래? 이상한 꿈이구나.

 主題相關字彙
수면부족=잠이 부족하다 (睡眠不足)
꿈을 꾸다 (作夢)
해몽 (圓夢)
곯아떨어지다 (呼呼大睡)
불가사이한 꿈 (不可思議的夢)
불면증 (失眠症)
수면제 (安眠藥)

新浴室

네.

너도 이 욕조를 사
용해 보려고?

說韓語的技巧！

句型「～어(아, 여)지다」接於形容詞語幹後，表程度或狀態上的變化。意思是「變得……」
之意。例如：「혜교가 많이 예뻐졌어요.」（惠喬變得很漂亮）。「요즘 날씨가 쌀쌀해졌
어.」（最近天氣變得冷颼颼的）。

變漂亮了吧？
예뻐졌지?

這浴缸要如何使用呢？
이 욕조는 어떻게 사용해요?

你也想試試看這浴缸嗎？
너도 이 욕조를 사용해 보려고?

是。
네.

好。泡半身浴的話，皮膚就會變好也會變帥喔。
그래. 반신욕을 하면 피부도 좋아지고 멋있어질 거야.

水要放到哪裡呢？
물은 어디까지 받아요?

一半左右的程度就夠了。
반 정도면 충분하단다.

知道了。
알겠어요.

換個方式說說看
반 정도면 충분하단다.
→반 정도면 돼요. (一半左右就可以了)

主題相關字彙
전신욕 (泡全身)
족욕 (泡腳)
온천욕 (泡溫泉)
피부미용 (皮膚美容)
피로회복 (養神)

居

家

新

浴

室

 說韓語的技巧！

「어디요」的「요」的用法。在文章中的兒子說「어디요」（哪裡），「요」可接在動詞、形容詞、名詞各種句子後，是最常用的表尊敬語尾，也是最普遍所使用的，較為口語化。「요」可接在各種疑問後，如「뭐요?」（什麼？）、「누구요?」（誰？）、「언제요?」（何時？）。

媽媽，沒有衛生紙了。
엄마, 휴지가 없어요.

你自己去拿啦！媽媽現在在忙。
니가 좀 하렴! 엄마는 지금 바빠요.

衛生紙在哪裡啊？
휴지가 어디에 있어요?

在擱板上面。
선반 위에 있다.

啊？在哪裡？
네? 어디요?

馬桶上面的擱板啦！
변기 위에 선반!

啊！有了。
아! 있어요.

要插上衛生紙掛勾喔。
휴지걸이에 꽂아 놓아라.

主題相關字彙
변기（馬桶）
비데（坐浴盆）
세면대（洗手台）
세정제（洗手乳）
변소（廁所）
화장실（化妝室）
방향제（芳香劑）
두루마리 휴지（捲筒衛生紙）

벌써 이렇게 늦었어요.

Unit 2 交通

그럼, 이제 그만 갑시다.

저 사람 방금 새치기했어요.

맞아요. 정말 양심 없는 사람이네요.

 說韓語的技巧！

對對方的話表示贊同時，可以使用「네」（是）、「맞아요」（對）、「그래요」（嗯）、
「그러게요」（就是啊）這四種常用回答，大體上都是相同的意思。相信常看韓劇的讀者，
一定也是常聽到這些句子喔。

公車怎麼還不來啊？
버스가 왜 안 오지요?

對啊。
맞아요.

已經等了15分鐘了。
벌써 십오분이나 기다렸어요.

到底什麼時候才會來啊？
도대체 언제 오는 거예요?

就是啊。
그러게요.

那個人剛剛插隊耶。
저 사람 방금 새치기했어요.

對啊。真是沒良心的人。
맞아요. 정말 양심 없는 사람이네요.

臉皮真的很厚耶。
정말 얼굴이 두껍네요.

換個方式說說看
저 사람 방금 새치기했어요.
→저 사람 방금 끼어들었어요. (那個人剛剛插隊了。)

主題相關字彙
버스정류장 (公車站)
줄、행렬 (隊伍、行列)
줄을 서다 (排隊)
새치기하다 (插隊)
얼굴이 두껍다 (厚臉皮)

在哪下車

주말이잖아요.

그리고 차도 막혔어요.

 說韓語的技巧！

「～(이)잖아요」為「지 않아요」的縮寫。不是只有否定的意思，還有強調之意。可接在名詞後面，是以較口語的方式來說明理由時所使用的，意為「…不是嗎、…嘛」。例如：「내일 놀이공원에 사람이 많이 붐빌 거야. 주말이잖아.」（明天遊樂園人應該很多，因為是週末嘛）。

 等一下要和學生時代的朋友見面。
이따가 학생 때 친구와 만날 거예요.

 在哪裡下車呢？
어디에서 내려요?

 在貿易中心。
무역센터요.

 是喔。但今天公車內的人很多喔。
그래요. 그런데 오늘 버스 안에 사람이 너무 많네요.

 是啊。
그러게요.

 公車裡有點悶悶的。
버스 안이 좀 답답해요.

 而且也塞車了。
그리고 차도 막혔어요.

 週末嘛。
주말이잖아요.

 換個方式說說看
학생 때 친구와 만날 거예요.
→ 동창과 만날 거예요. (要和學生時代的同學見面。)

 主題相關字彙
답답하다（焦急、納悶、悶）
차가 막히다（塞車）
차가 밀리다（塞車）
버스 손잡이（公車扶手）

買車票

먼저 이 버튼을 누르고 이십 원을 넣으세요.

이 버튼을 누르고 돈을 넣어요?

 說韓語的技巧！

動詞語幹＋「고」＋動詞。「고」置於兩動詞中間的話，就表示「列舉兩種以上的動作或狀態」、「前一動作之後，做下一個動作」、「前一動作為下一動作的原因，前提」。例如：「밥 먹고 술도 마셔요.」（吃飯又喝酒）。「전화를 받고 말해요.」（接起電話講電話）。「버스를 타고 가요.」（搭公車去）。

track-21

不好意思，請問一下。
죄송하지만 말씀 좀 묻겠습니다.

是。有什麼事嗎？
네. 무슨 일이십니까?

這售票機要怎麼使用呢？
이 매표기는 어떻게 사용해요?

請問要到哪裡呢？
어디로 가세요?

要到台北車站。
서울역이요.

首先按下這顆按鈕，再投入20元。
먼저 이 버튼을 누르고 이십 원을 넣으세요.

按下這顆按鈕再投錢嗎？
이 버튼을 누르고 돈을 넣어요?

是。沒錯。
네. 맞아요.

 換個方式說說看
먼저 이 버튼을 누르고 이십 원을 넣으세요.
→먼저 이 버튼을 누른 후에 다시 이십 원을 넣으세요.
（首先按下這顆按鈕後，再投入20元。）

主題相關字彙
매표소（售票處）
매표기（售票機）
매표구（售票口）

轉車

역이 커서 길을 잃어버리는 사람도 많아요.

서울역하고 같아요.

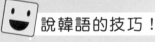 說韓語的技巧！

「〜어(아, 여)서」可接在動詞、形容詞語幹後面，表「原因或理由」。例如：「집에 도착해서 이야기하자.」（回到家再說吧）、「너무 힘들어서 다리가 쑤셔 죽겠어요.」（因為太累了，腳酸死了）。

下一站是台北車站。
다음 역이 타이페이역이에요.

這樣喔。
그래요.

這裡是台北最大的車站喔。
여기는 타이페이에서 가장 큰 역이에요.

和韓國的首爾站差不多喔。
한국의 서울역하고 같네요.

是的。因為車站太大，所以迷路的人也很多。
네. 역이 커서 길을 잃어버리는 사람도 많아요.

和首爾車站很像。
서울역하고 같아요.

對啊。首爾車站也很大。
맞아요. 서울역도 무척 크지요.

我第一次去的時候也迷路。
저도 처음 갔을 때 길을 잃어버렸어요.

 換個方式說說看

길을 잃어버리는 사람도 많아요.
→많은 사람이 길을 잃어버려요. (許多人迷路。)
서울역하고 같아요.
→서울역도 그래요. (首爾站也是這樣。)

主題相關字彙

환승 (換車)
길을 잃어버리다 (迷路)

叫計程車

벌써 이렇게 늦었어요.

그럼, 이제 그만 갑시다.

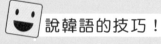 說韓語的技巧！

終結語尾「〜(으)ㅂ시다」為表「建議或勸誘」的普通尊敬語尾，它的半語為「〜자」（track9有介紹）。為晚輩對長輩使用。中文為「…吧」。例如：「이번 주에 같이 한국요리를 먹읍시다.」（這禮拜一起吃韓式料理吧）。

這時間還可以嗎？
시간 괜찮아요?

 喔！已經這麼晚了啊。
어머! 벌써 이렇게 늦었어요.

 那我們現在該走了吧。
그럼, 이제 그만 갑시다.

 還有公車嗎？
아직 버스가 있나요?

 這時間的話，應該沒公車了。
이 시간이면 버스가 없겠어요.

 怎麼辦呢？
어떡하지요?

 要叫計程車嗎？
택시를 부를까요?

 是的。沒辦法了。
네. 할 수 없죠

 換個方式說說看
이 시간이면 버스가 없겠어요.
→이 시간에는 버스가 없어요. (這時間沒有公車了。)

 主題相關字彙
콜 택시 (叫計程車、Call Taxi)
택시를 부르다 (叫計程車)
택시를 잡다 (叫計程車)
할증료 (附加費)

轉彎

說韓語的技巧！

「괜찮다」的使用頻率非常高，應用的方法也很多樣。原本的意思有二：一為不是怎麼壞的狀況；二為不會構成問題或擔心的情況的意思。因此可以說「이 식당 괜찮아요」（這餐廳不錯）。「시간 괜찮아요」（時間還可以），等等的狀況。

要經過和平東路嗎？
화평동로를 지납니까?

 不。請在和平東路路口右轉。
아니요. 화평동로입구에서 우회전하세요.

 是。
네.

 請在這裡的7-11前面停車。
여기 세븐일레븐 앞에서 세워 주세요.

 好。這裡嗎？
네. 여기입니까?

 對。
맞아요.

 謝謝。140元。
감사합니다. 백 사십 원입니다.

 零錢不用找了。
잔돈은 괜찮습니다.

 換個方式說說看
잔돈은 괜찮습니다.
→잔돈은 그냥 두세요. (零錢不用找了。)
→잔돈은 안 주셔도 됩니다. (不用找零也可以。)

主題相關字彙
미터기 (跳表機)
택시기사 (計程車司機)
팁 (小費、Tip)

走路

걸어서 갑시다.

날씨가 이렇게 더운데 걸어서 가면 힘들어요.

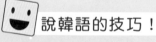 說韓語的技巧！

「～(으)ㄴ/는데」是為了結束或引導出下一句話，而說明某事實或狀態的連結語尾。例如：「날씨가 추운데 외투를 안 입으면 감기에 걸려요.」（天氣冷，不穿外套是會感冒的）。「동대문 까지 가는데 얼마나 걸려요?」（到東大門要多久？）

 附近有百貨公司嗎？
근처에 백화점이 있어요?

 嗯。在這附近的地方。
네. 가까운 곳에 있어요.

 用走的過去吧。
걸어서 갑시다.

 天氣這麼熱，用走的過去很累耶。
날씨가 이렇게 더운데 걸어서 가면 힘들어요.

 是啊。在炎熱的夏天可是非常熱的。
그러네요. 한여름이라 무척 덥네요.

 怎麼辦呢？
어떻게 해요?

 搭公車嗎？
버스로 가죠.

 嗯。那麼就搭公車吧。
네. 그럼 버스를 타요.

 換個方式說說看
버스로 가요.
→버스를 타고 가요. （搭公車去。）

 主題相關字彙
한여름 （盛夏、仲夏）
일사병 （中暑）
가까운 곳 （近處）
먼 곳 （遠處）

說韓語的技巧！

句型「～(으)로 유명하다」前面接名詞，意思為「以…著名、…有名」之意。例如：「그녀는 미모로 유명해요.」（她以美貌著名）。「시원은 시간을 안 지키는 것으로 유명해요.」（始源是有名的不守時）。

還不變綠燈啊？
파란불로 안 바뀌네요?

這裡的紅燈是出了名的久耶。
여기는 빨간불이 긴 것으로 유명해요.

這裡的紅綠燈為什麼這麼久呢？
여기는 신호등이 왜 이렇게 길어요?

因為這條路的通行量很大。
이 길은 통행량이 많거든요.

以後要利用地下道了。
앞으로는 지하도를 이용해야겠어요.

對。那會比較快。
네. 그게 빠를 거예요.

你看。到現在還是紅燈。
보세요. 아직도 빨간불이에요.

等一下就綠燈了。
잠깐만요. 금방 바뀔 거예요.

換個方式說說看

아직도 빨간불이에요.
→아직도 신호등이 안 바뀌었어요. (到現在紅綠燈還沒變。)

主題相關字彙

신호등（紅綠燈）
횡단보도（人行道）
육교（天橋）
지하도（地下道）

加油

항상 휴지를 주니까 좋아요.

맞아요.

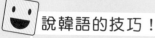 說韓語的技巧！

「～니까」為表「原因或理由」的連結語尾。接於名詞或現在式動詞後用「～(이)니까」，其他則用「～～(으)니까」。例如：「시간이 없으니까 빨리 가자.」（沒有時間了，快走吧）。「한 시간 걸리니까 좀 기다리세요.」（因為要花一小時，請稍等一下）。

交通

加油

最近加油站的服務很好。
요즘 주유소의 서비스가 너무 좋아요.

因為加油站很多，所以競爭激烈啊。
주유소가 많으니까 경쟁이 심하죠.

常常會給面紙真好。
항상 휴지를 주니까 좋아요.

對啊。
맞아요.

還可以選擇贈品。
증정품을 선택할 수도 있어요.

每次選的時候都很苦惱。
선택할 때마다 고민이에요.

贈品還是會讓人心情好嘛。
역시 증정품은 사람을 기분좋게 해요.

這都是生意經啊。
그것도 다 상술이에요.

 換個方式說說看
증정품은 사람을 기분좋게 해요.
→증정품을 받아서 기분이 좋아요. (收到贈品而心情好。)

主題相關字彙
주유소 (加油站)
주유기 (注油器)
주유하다 (加油)
세차 (洗車)

交流道

 說韓語的技巧！

「더」為副詞，表示「更、更加、還」之意。例如：「이곳이 저곳보다 더 깊다.」（這個比那個還深）、「더 많이 먹어라.」（再多吃點）、「김치 좀 더 주세요.」（再給我一點泡菜）、「더 바빠졌어요.」（變得更忙）。

請看一下衛星導航。
네비게이션 좀 보세요.

現在路口附近在塞車。
지금 교차로 근처에 차가 막혀요.

塞了5公里。
오 킬로미터나 막혔어요.

那走別條路。
그럼 다른 길로 가요.

嗯。別條路應該會更快。
그래요. 다른 길이 더 빠르겠어요.

那就相信導航，走別條路看看吧。
그럼 네비게이션을 믿고 다른 길로 갑시다.

果然有導航比較方便。
과연 네비게이션이 있으니까 편리하네요.

最新型的導航更好喔。
요즘 신형 네비게이션은 더 좋아요.

換個方式說說看
네비게이션이 있으니까 편리하네요.
→네비게이션 때문에 편리해요. (因為導航所以很方便)

主題相關字彙
네비게이션 (導航、Navigation)
신형 (新型)
구형 (舊型)
교차로 (路口)
인터체인지 (交流道、Interchange)

說韓語的技巧！

「좀」（조금的縮寫）為副詞，表「稍、稍為、些許」之意。例如：「지금 볼 일이 있으니까 좀 기다리세요.」（現在有要辦的事，請稍等一下）。表示「有所請求或取得別人同意時」。例如：「좀 도와 주세요.」（請幫我一下）。

要確認一下地圖嗎？
지도 좀 확인해 볼까요?

有帶地圖來嗎？
지도를 가지고 왔어요?

當然囉。你看。
당연하죠. 보세요.

嗯…溫泉…有了！在這裡。
음...온천...있어요! 여기요.

離這裡很近。我們就快到了。
여기서 가깝네요. 우리가 거의 다 왔군요.

嗯。那麼我們要在這休息一下嗎？
네. 그럼 여기서 좀 쉴까요?

到溫泉那裡再休息吧。
온천에 가서 쉬어요.

知道了。那我去一下化妝室。
알겠어요. 그럼 화장실 좀 다녀올게요.

 換個方式說說看
여기서 가깝네요.
→여기에서 가까워요. （離這裡很近。）
→여기에서 멀지 않아요. （離這裡不遠。）

主題相關字彙
휴게소（休息站）
주차장（停車場）
주차구역（停車區）
매점（販賣部）

어제 술을 좀 마셨어요.

Unit 3 工作

오늘 안색이 안
좋아 보이네요.

碰到同事

오늘 안색이 안 좋아 보이네요.

어제 술을 좀 마셨어요.

 說韓語的技巧！

句型「～어(아, 여) 보이다」。接於形容詞語幹後，表「看起來…」之意。例如：「이 옷이 좋아 보여요.」（這衣服看起來不錯）。「이 요리가 맛있어 보여요」（這料理看起來很好吃）。「요즘 무척 건강해 보입니다.」（最近看起來很健康）。

74

您好。
안녕하세요.

您好。
안녕하세요.

今天臉色看起來不太好喔。
오늘 안색이 안 좋아 보이네요.

嗯…昨天喝了一點酒。
네... 어제 술을 좀 마셨어요.

現在酒還沒醒嗎?
아직 술이 안 깼어요?

嗯。早上也沒食慾。
네. 아침도 안 넘어가요.

應該要解酒。
해장을 해야겠어요.

早上也沒有喝解酒湯…非常疲累啊。
아침에 해장국도 못 먹고...무지 피곤하네요.

換個方式說說看

아침이 안 넘어가요.
→아침에 식욕이 없어요. (早上沒有食慾。)

主題相關字彙

술에 취하다 (酒醉)
술이 깨다 (酒醒)
해장 (解酒)
숙취 (宿醉)

說韓語的技巧！

「～지 말다」是一句型，表「不要」、「請勿」之意，接在動詞語幹之後。「～지 마세요」是在「～지 말다」後接「세요」，ㄹ會脫落是因為碰到ㄴ、ㅂ、ㅅ、오的關係。例如：「이런 좋은 여자를 놓치지 마세요.」（不要錯失這樣的好女人）。

track-31

天啊！
어머!

人好多喔。搭下一班電梯吧。
사람이 많네요. 다음 엘리베이터를 타야겠어요.

好。
그래요.

就快來了。
곧 올 거예요.

剛才超重鈴聲響起來，真的太丟臉了。
아까 말인데요. 정말 창피했어요.

這種事情常有，不用太介意。
이런 일 자주 있으니까 너무 신경쓰지 마세요.

對啊。上班時間人總是很多。
맞아요. 출근시간에는 항상 사람이 많으니까요.

等下一班吧。
그럼, 다음 거 타요.

換個方式說說看

다음 엘리베이터를 타야겠어요.
→다음 엘리베이터를 타고 가요. (搭下一班電梯去。)
→다음 엘리베이터를 탑시다. (搭下一班電梯吧。)

主題相關字彙

엘리베이터 (電梯、Elavator)
에스컬레이터 (電扶梯、Escalator)
계단 (階梯)
중량초과 (超重)

例行會議

세시반에 김사장님이 방문하십니다.

오후 일정은 어떤가요?

사장

說韓語的技巧！

「방문하다」（拜訪）是「오다」（來）的意思。「오다、와요」是對普通朋友或不需要特別拘泥型式時的一般說話方式，當對需要尊敬的長輩，或在商場等正式場合，要說明對方「오다」的動作時，必須使用「尊敬語」的「방문하시다、방문하십니다」或「오시다、오십니다」。

社長，跟您報告今天的行程。
사장님, 오늘 일정에 대해서 보고하겠습니다.

嗯。今天是怎麼樣呢？
네. 오늘 어떻습니까?

從10點開始在B會議室有重要的幹部會議。
열시부터 B회의실에서 중요한 간부회의가 있습니다.

知道了。
알겠어요.

午餐時，在韓式料理店和朴社長用餐。
점심때 한식당에서 박사장님하고 점심식사가 있습니다.

下午的行程是怎麼樣呢？
오후 일정은 어떤가요?

金社長在3點半會來。
세시반에 김사장님이 방문하십니다.

好。知道了。辛苦了。
네. 알겠어요. 수고했어요.

換個方式說說看

김사장님이 방문하십니다.
→김사장님이 회사로 오십니다 (金社長會來公司。)

主題相關字彙

일정、스케줄（行程、Schedule）
회의（會議）
약속（約會）
브리핑（簡報、Briefing）

지금 진행상황은 어떤가요?

지금 마지막 결산 단계입니다.

부장

 說韓語的技巧!

韓文中表達「怎麼樣呢？如何呢？」有多種表達方法。例如：「**어떤가요、어때요、어떠합니까、어떻습니까?**」前兩種是普通尊敬表達，後兩種則是更為尊敬的表達，但意思都是詢問對方的意見。

工作

同事外出

部長，我等等要去客戶那邊一趟。
부장님, 이따가 거래처에 다녀오겠습니다.

嗯。因為那個企劃的關係嗎？
그래요. 그 프로젝트 때문입니까?

是的。
네.

現在狀況進行的怎麼樣呢？
지금 진행상황은 어떤가요?

現在是最後的終結階段。月底就會完成。
지금 마지막 결산단계입니다. 월말에 마무리될 것입니다.

好。請好好加油吧。
네. 그럼 화이팅하세요.

是的。那麼我先走了。
네. 그럼 먼저 가겠습니다.

快去快回。
어서 다녀오세요.

主題相關字彙

출근하다（上班）
퇴근하다（下班）
외근（外勤）
출장（出差）
야근（加班）
월초（月初）
월중（月中）
월말（月底）

轉分機

죄송하지만 구부장님 지금 외출 중이십니다.

실례하지만 구부장님 계십니까?

 說韓語的技巧！

「실례합니다、실례하지만～」（不好意思、抱歉）。如果到別人家拜訪時，可以說「실례합니다」。問路時，可以禮貌性地問「실례하지만 xxx 어디입니까?」，也可以用在要進入別人房間時表示「打擾」的意思。

82

工作

轉分機

您好。這裡是韓國貿易。

안녕하세요. 여기는 한국무역입니다.

我是台灣貿易的李部長。不好意思，具部長在嗎？

저는 대만무역의 이부장입니다. 실례하지만 구부장님
계십니까?

抱歉，具部長現在外出中。預計4點會回來。

죄송하지만 구부장님 지금 외출 중이십니다. 네시에 돌
아오실 예정입니다.

那麼部長回來的話，請他致電給我好嗎？

그럼 부장님이 오시면 다시 전화 주시겠습니까?

好的。部長回來的話會致電給您。

네. 부장님이 오시면 전화 드리겠습니다.

好。那麼拜託您了。我掛電話了。

네. 그럼 부탁드립니다. 전화 끊겠습니다.

好的。再見。

네. 안녕히 계세요.

主題相關字彙

있다→계시다（在的敬語）
이다→이시다（是的敬語）
돌아오다→돌아오시다（回來的敬語）
외출 중（外出中）
전화（電話）
팩스（傳真）
업무（業務）
비서（秘書）

E-mail

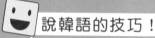 說韓語的技巧！

敬語的使用是在於對話的兩人當中，如果其中一人是長輩的話，晚輩就要對長輩使用敬語。
但如果對話的兩人都是同輩的話，就像文章中的兩人提到了「部長」，因為部長比兩人的地
位高，所以即使部長不在，在對話中對部長仍要使用敬語。

我回來了。
저 왔습니다.

始源你回來啦。
시원씨 왔어요.

部長出去了嗎?
부장님 나가셨어요?

嗯。剛才出去了。部長發電子郵件給你了。請確認。
네. 방금 나가셨어요. 부장님이 메일 보내셨어요. 확인하세요.

知道了。現在就確認。
알겠습니다. 지금 확인해 볼게요.

對了!今天部長不會回來。
참! 오늘 부장님 다시 안 들어오십니다.

啊,和那美國顧客要用餐嗎?
아, 그 미국 고객님과 식사하십니까?

是的。
네.

主題相關字彙
나가다→나가시다 (出去的敬語)
보내다→보내시다 (寄的敬語)
이메일을 확인하다 (確認電子郵件)
회식 (公司聚餐)
고객 (顧客)
식사 (用餐)
접대 (接待)
초대 (招待)

Yahoo Messenger

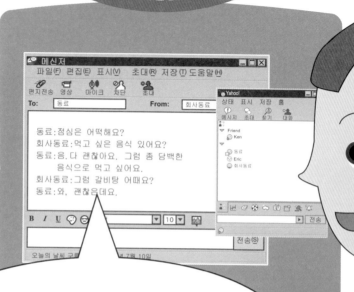

점심은 어떡해요?
먹고 싶은 음식 있어요?
음...다 괜찮아요. 그럼 좀 담백한 음식으로 먹고 싶어요.
그럼 갈비탕 어때요?
와! 괜찮은데요.

說韓語的技巧！

「어떡하다、어떡해요?」雖然是表示「怎麼辦」的意思，但詢問對方時也可當作「你想怎麼樣」的意思來使用。例如：「내일 데이트 어떡해요?」是問對方明天約會想怎麼安排呢的意思。

午餐要怎麼解決呢？
점심은 어떡해요?

有想吃的東西嗎？
먹고 싶은 음식 있어요?

嗯…都可以。那我想吃一點清淡的東西。
음...다 괜찮아요. 그럼 좀 담백한 음식으로 먹고 싶어요.

牛雜湯如何呢？
그럼 갈비탕 어때요?

哇！不錯喔。
와! 괜찮은데요.

12點10分在一樓銀行前見喔。
열두 시 십분에 일층 은행 앞에서 봐요.

好。OK。
네. 오케이입니다

如果有其他事的話，請用手機再連絡。
다른 일이 있으면 핸드폰으로 다시 연락하세요.

主題相關字彙

먹고 싶은 음식（想吃的食物）
먹기 싫은 음식（不想吃的食物）
아무거나 다 괜찮아요（隨便都可以）
채팅（上網聊天、Chatting）
로그인（登入、Log in）
로그아웃（登出、Log out）
아이디（帳號、ID）
패스워드（密碼、Password）

操作影印機

그렇군요. 감사합니다.

먼저 종이사이즈를 설정하고 버튼을 누르세요. 기계가 자동으로 사이즈를 변경합니다.

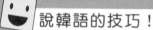 說韓語的技巧！

「～(으)세요」，一般都置於句尾，前面接動詞，有終聲接「～(으)세요」，無終聲接「～세요」。表「請……」之意。若要更尊敬的用法，可以改為「～십시오」。例如：「여기에 앉으세요.」（請坐這邊）。「들어오세요」（請進）。

抱歉，可以幫我一下嗎？
죄송하지만 좀 도와주시겠습니까?

是。什麼事呢？
네. 무슨 일입니까?

我想要把這個縮小，但不知道使用方法。
이것을 축소하고 싶은데 방법을 모르겠네요.

想要什麼尺寸呢？
무슨 사이즈를 원해요?

A4的尺寸。
A4 사이즈요.

首先設定紙張的大小，再按下按鍵。機器就會自動變換尺寸。
먼저 종이사이즈를 설정하고 버튼을 누르세요. 기계가 자동으로 사이즈를 변경합니다.

原來如此。謝謝。
그렇군요. 감사합니다.

不會。
천만에요.

換個方式說說看

먼저 종이사이즈를 설정하고 버튼을 누르세요.
→ 먼저 종이사이즈를 설정한 후에 버튼을 누르세요.
（首先設定紙張大小後再按下按鍵。）

主題相關字彙

복사기（影印機）
컬러복사（彩色印刷）
흑백복사（黑白印刷）

卡紙

요즘 프린터기의 상태가 안 좋아요.

프린터기가 말을 안 들어요.

 說韓語的技巧！

「말을 안 듣는다、말을 안 들어요」，意為「不聽話之意」。不是只有用在小孩不聽爸媽的話，機器或東西發生故障而無法順利啟動時，也可用「말을 안 듣는다、말을 안 들어요」來表達。

好奇怪喔……
이상하다...

怎麼了嗎？
왜 그래요?

印表機不聽話耶。
프린터기가 말을 안 들어요.

最近印表機的狀況不太好。
요즘 프린터기의 상태가 안 좋아요.

對啊。真的很不方便。
맞아요. 정말 불편해요.

要動手修理了。這樣會影響工作。
손을 좀 봐야겠어요. 일에 지장이 많네요.

嗯。
그래요.

現在聯絡服務中心吧。
지금 서비스센터에 연락할게요.

換個方式說說看

왜 그래요?
→무슨 일이 있어요? (有什麼事嗎？)
→문제가 있어요? (有問題嗎？)

主題相關字彙

프린트（影印、print）
프린터기（影印機）
손을 보다（修理）
서비스센터（服務中心）

客戶來訪

네. 부탁드립니다.

잠시만 기다리세요. 김부장님께 연락하겠습니다.

😊 說韓語的技巧！

韓文中的等一下有多種說法，但有禮貌性的說法和口語的說法。禮貌性的說法為「잠시만 기다리십시오」、「잠시만 기다리세요」、「좀 기다리세요」。口語的說法為「잠깐만요」、「잠시만요」。在各種不同場合用對說法的話，會讓你的人際關係更加美好喔。

具部長，歡迎歡迎。正在等您。
구부장님, 어서오세요. 기다리고 있었습니다.

嗯。抱歉。
네. 죄송합니다.

請到這裡來。
이리로 오십시오.

不好意思。
실례하겠습니다.

請稍等一下。我和金部長聯絡。
잠시만 기다리세요. 김부장님께 연락하겠습니다.

嗯。拜託您了。
네. 부탁드립니다.

要替您準備飲料嗎？
음료 좀 준비해 드릴까요?

嗯。請給我冰水。
네. 차가운 물 좀 주세요.

換個方式說說看

음료 좀 준비해 드릴까요?
→차나 음료 필요하세요? (需要茶或飲料嗎？)

主題相關字彙

부탁하다→부탁드리다 (拜託的敬語)
주다→드리다 (給的敬語)
차가운 물 (冰水)
뜨거운 물 (熱水)
따뜻한 물 (溫水)

久等了

（speech bubble, woman）아닙니다. 방금 왔습니다.

（speech bubble, man）기다리게 해서 죄송합니다.

 **說韓語的技巧！**

「～어(아, 여) 서 죄송합니다」，接在動詞之後，表「～覺得抱歉」之意。例如：「오래 기다리게 해서 죄송합니다.」（抱歉讓您久等）。

「～어(아, 여) 서 감사합니다」，接在動詞之後，表「～覺得感謝」之意。例如：「열심히 도와주셔서 감사합니다.」（感謝您的熱心幫忙）。

抱歉讓您久等。
기다리게 해서 죄송합니다.

不會。剛來而已。感謝您特地撥空出來。
아닙니다. 방금 왔습니다. 이렇게 시간을 내어 주셔서 감사합니다.

不會。請坐。
천만에요. 어서 앉으세요.

謝謝。
감사합니다.

今天來找我是因為……?
오늘 찾아온 이유가...?

因為新商品的事而來的。
신상품에 관한 일로 왔습니다.

原來如此。
그렇군요.

我們公司10月打算上市新商品。
저희 회사에서는 시월에 신상품을 출시하려고 합니다.

主題相關字彙

기다리게 하다 (讓別人等)
시간을 내어 주다 (撥出／騰出時間)
생산하다 (生產)
출하하다 (交貨)
출시하다 (上市)
원가 (原價)
시중가 (市價)
특가 (特價)

部長召喚

 說韓語的技巧！

「부르다」有很多意思，原意有「肚子飽、唱歌、叫、稱做」之意。文章中用的是「叫的意思」。對長官長輩說話中提到自己的動作，就要用「謙讓語」來表示敬意。就像在「부르다」語幹後加「시」以表尊敬。

請進。
들어오세요.

 不好意思。您有叫我嗎？
실례합니다. 부르셨어요?

 嗯。是關於這個月的業績。
네. 이번 달 실적에 대해서요.

 是的。請說。
네. 말씀하세요.

 請整理業績資料後拿進來。
실적자료를 정리해서 가지고 오세요.

 是。知道了。
네. 알겠습니다.

 對了！請在明天完成。後天要向社長報告。
참! 내일까지 완성하세요. 모레 사장님께 보고해야 합니다.

 到明天嗎？知道了。
내일까지요? 알겠습니다.

主題相關字彙

실적보고 (業績報告)
실적악화 (業績下滑)
실적부진 (業績不振)
연구성과 (研究成果)
실적성장 (業績成長)
자료 (資料)
자료수집 (資料蒐集)

業績報告

그렇기는 하지만 너무 안 좋군요. 영업팀 최과장 오라고 하세요.

이번 달에는 연휴의 영향을 받아서...

😃 說韓語的技巧！

「～(으)라고」為命令語尾，表「誰叫誰做什麼」之意，「라고」後面常接「하다」，但視句子的語意也可接各種不同的動詞。例如：「내가 가라고 하면 가.」（我叫你去就去）。「빨리 오라고 일러라」（叫他快點來）。

部長，這個月的業績都整理好了。在這裡。

부장님, 이번 달 실적을 다 정리했습니다. 여기 있습니다.

這個月不太好喔。

이번 달은 별로 안 좋군요.

因為這個月受到連續假期的影響……

이번 달에는 연휴의 영향을 받아서...

話雖如此，但也太差了。請叫營業團隊的崔課長過來。

그렇기는 하지만 너무 안 좋군요. 영업팀 최과장 오라고 하세요.

是。

네.

而且明天有行銷會議，所以請全員準備。

그리고 내일 마케팅회의가 있으니까 모두 준비하세요.

是的。知道了。會替您轉達。

네. 알겠습니다. 그렇게 전하겠습니다.

換個方式說說看

이번 달에는 연휴의 영향을 받아서...
→이번 달에는 연휴가 있어서... (這個月因為有連續假期…)

主題相關字彙

마케팅 (行銷、銷售)
회의、미팅 (會議、Meeting)
스트레스 (壓力、Stress)
전하다 (轉達)

倒茶

현미녹차예요.

그럼 현미녹차라도 드려야겠어요.

「～(이)라도」是一補助助詞接在名詞後，有終聲接「～이라도」，無終聲接「--라도」。意思是這事物不是最好的方法，而是另行的方法，表「即使是…也…、不論…都…」之意。例如：「누구라도 좋아해요.」（不論是誰都喜歡）、「언제라도 괜찮아요.」（不論何時都可以）。

在找什麼呢？
뭐 찾아요?

在找茶包，沒看見耶。
녹차티백을 찾는데 안 보이네요.

都喝完了嗎？咖啡怎麼樣呢？
다 마시지 않았어요? 커피 어때요?

客人說要綠茶耶……
손님이 녹차를 달라고 했는데......

那這個怎麼樣呢？
그럼 이거 어때요?

那是什麼呢？
그게 뭐예요?

玄米綠茶。
현미녹차예요.

那只好拿玄米綠茶給他們了。
그럼 현미녹차라도 드려야겠어요.

換個方式說說看

손님이 녹차를 달라고 했는데...
→손님이 녹차가 더 좋다고 했는데... (客人說綠茶比較好...)

主題相關字彙

녹차티백 (茶包)
현미녹차 (玄米綠茶)
인스턴트커피 (咖啡包)
달라고 하다 (要求)

道人長短

> 듣자하니 혜교씨가 결혼한데요.

> 네. 결혼하는 것 같아요.

😊 **說韓語的技巧！**

「듣자하니」是表「聽說」之意，通常單獨放在句首，句尾常接「다던데、다고 하다、다면서」等字。例如：「듣자하니 은정이 내년에 결혼한다 면서요?」（聽說銀靜明年要結婚是嗎？）。「듣자하니 한국에는 유기견이 거의 없다고 해요.」（聽說韓國幾乎沒有流浪狗）。

聽說慧喬結婚了耶。
듣자하니 혜교씨가 결혼한데요.

嗯。好像結婚了的樣子。
네. 결혼하는 것 같아요.

沒舉辦訂婚典禮耶。
약혼식은 안 한데요.

最近沒有舉行訂婚典禮的趨勢。
요즘 약혼식은 안 하는 추세예요.

認為訂婚典禮比較浪費吧。
약혼식은 좀 낭비라고 생각해요.

對啊。最近景氣也不太好。
맞아요. 요즘 경기도 안 좋고요.

聽說啊。她結婚後還是繼續工作。
듣자하니 결혼 후에도 계속 일을 한데요.

啊！是喔。
아! 그래요.

換個方式說說看

듣자니 혜교씨가 결혼한데요.
→혜교씨가 결혼한다고 하네요. (聽說慧喬結婚了耶。)

主題相關字彙

결혼식（結婚典禮）
약혼식（訂婚典禮）
호화결혼식（豪華結婚典禮）
가정주부（家庭主婦）
직업여성（職業女性）

投影機

준비는 다 했지만 오늘 밤에 아마도 못 잘 거예요.

너무 긴장하지 마세요.

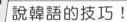

說韓語的技巧！

「～지만」，前面可接動詞、形容詞、名詞，表「雖然…但…」之意，有轉折的意思，前面敘述的和後面敘述的不同。例如：「그가 키는 안 크지만 얼굴은 잘 생겼어.」（他雖然不高，但長得很帥。）「그녀는 예쁘지만 성격이 나빠요.」（她雖漂亮，但個性不好。）「어른이지만 행동은 아이같아요.」（雖是大人，行為卻像小孩子。）

104

工作

投影機

明天有簡報要做吧？
내일 브리핑이 있지요?

這麼重要的簡報可是第一次。太緊張了啦。
이렇게 중요한 브리핑은 처음이에요. 너무 긴장되네요.

會來很多客人吧？
손님이 많이 오시죠?

嗯。社長也會參加。
네. 사장님도 참석하십니다.

緊張吧？加油。
떨리죠? 화이팅이요.

雖然都做好了準備，但今晚大概無法入睡了。
준비는 다 했지만 오늘 밤에 아마도 못 잘 거예요.

請不要太緊張。
너무 긴장하지 마세요.

謝謝。
고마워요.

換個方式說說看

내일 브리핑이 있지요?
→내일 브리핑을 하지요? (明天要做簡報吧？)

主題相關字彙

긴장되다（緊張，自動詞）
긴장하다（緊張，他動詞）
떨리다（緊張）
파워포인트（Power Point）

國際會議

> 스크린에도 문제가 없습니까?

> 네. 단지 마이크의 상태가 조금 안 좋습니다.

說韓語的技巧！

「상태」可以指人或機器的狀況，例如「몸의 상태」（身體的狀況）、「위의 상태」（胃的狀況）、「컴퓨터의 상태」（電腦的狀況）。而且所謂的狀況，一般只有好與不好的差別，「상태가 좋다」（狀況好）、「상태가 나쁘다」（狀況不好）、「상태가 엉망이다」（狀況差）。

工作

國際會議

關於明天和韓國視訊會議的準備都結束了。
내일 한국과의 영상회의에 관한 준비가 다 끝났습니다.

螢幕的畫面沒問題嗎?
스크린에도 문제가 없습니까?

嗯。只是麥克風的狀況好像不太好。
네. 단지 마이크의 상태가 조금 안 좋습니다.

啊!是喔。
아! 그래요.

所以等一下要修理。
그래서 잠시 후에 수리하려고 합니다.

明天的會議非常重要,請花點心思。
내일 회의는 매우 중요하니까 신경 좀 써 주세요.

知道了。
알겠습니다.

換個方式說說看

화면에도 문제가 없습니까?
→화면쪽은 괜찮습니까? (畫面沒問題嗎?)
마이크의 상태가 안 좋습니다.
→마이크쪽 상황이 안 좋습니다. (麥克風的狀況不好。)

主題相關字彙

국제회의 (國際會議)
영상회의 (視訊會議)
신경 쓰다 (費神、花心思)

下班

오늘 수고하셨어요.

은정씨도 수고했어요. 먼저 갑니다.

說韓語的技巧！

「수고하다」（辛苦）和「수고하시다」都是用在對人辛勞工作的口頭慰問。但對長輩或上司，或需要表示客氣的態度時用「수고하셨어요、수고하셨습니다」，而對平輩或晚輩可用「수고했어요」。

今天加班嗎?
오늘 야근하세요?

嗯。韓國方面的結算還未結束。
네. 한국쪽에 결산이 아직 안 끝났어요.

這樣啊。
그래요.

反正等的期間也可以把其他事情做完。
어쨌든 기다리는 동안 다른 일을 하면 되니까 괜찮아요.

今天就到這裡吧!
오늘 하루도 이렇게 끝나는군요!

今天辛苦了。
오늘 수고하셨어요.

嗯。銀靜也辛苦了。先走囉。
그래요. 은정씨도 수고했어요. 먼저 갑니다.

路上小心。
조심히 가세요.

換個方式說說看

어쨌든 기다리는 동안 다른 일을 하면 되니까 괜찮아요.
→어쨌든 기다리면서 다른 일을 하면 돼요. (反正就一邊等一邊做其他工作也可以。)

主題相關字彙

야근 (加班)
야근수당 (加班費)
정시 (準時)
정시퇴근 (準時下班)

무엇을 주문할까요? 샐러드, 스파게티, 피자등 종류가 많은데요.

Unit **4** 外出用餐

저는 토마토소스 스파게티를 먹을게요.

決定地點

네. 그렇게 해요.

그럼 이 가게 로 결정하죠?

 說韓語的技巧！

「～(으)로 결정하다」，接於名詞後，有終聲接「～(으)로 결정하다」，無終聲接「～(로) 결정하다」。表「就決定…」之意。例如：「이 옷으로 결정해요.」（就決定這件衣服）。 「이 영화로 결정하죠?」（就決定這部電影吧？）

 這條巷弄有很多不錯的餐廳。
이 골목에 괜찮은 식당이 많아요.

 嗯。要去哪一間店呢?
네. 어느 가게로 갈까요?

 這一間如何呢?上次在雜誌上看過。
이 가게 어때요? 저번에 잡지에서 봤어요.

 義大利料理嗎?
이탈리아 음식이에요?

 嗯。主廚是義大利人,而且食物也很好吃。所以很有名喔!
네. 요리사가 이탈리아 사람이고 음식도 맛있어요. 그래서 유명한 거죠!

 嗯,不錯耶。
음, 괜찮은데요.

 那麼就決定這家店吧?
그럼 이 가게로 결정하죠?

 好。就這麼辦。
네. 그렇게 해요.

換個方式說說看

이 가게로 결정하죠?
→이 가게로 들어가요. (進去這家店。)
→이 가게에서 먹어요. (在這家店用餐。)

主題相關字彙

레스토랑（餐廳、Restaurant）
일식（日式料理）
중식（中式料理）
한식（韓式料理）

等位

약 이십분정도 기다리시면 됩니다.

몇 분이나 기다려야 합니까?

welcome

 說韓語的技巧！

「～(으)면 되다」，常接在動詞或形容詞後，有終聲接「～(으)면 되다」，無終聲接「～면 되다」，後面接名詞的就用「～(이) 면 되다」。表「如果…就可以」。例如：「나는 너만 있으면 돼.」（我只要有你就行了。）「얼굴이 잘 생기면 돼요」（臉長得帥就可以了。）

歡迎光臨。請問幾位呢？
어서 오세요. 몇 분이세요?

三位。
세 명이요.

抱歉，現在客滿了。
죄송하지만 지금 만원입니다.

要等幾分鐘呢？
몇 분이나 기다려야 합니까?

約等20分鐘左右就可以了。
약 이십분정도 기다리시면 됩니다.

知道了。
알겠습니다.

不好意思，請在這裡留下您的姓名好嗎？
죄송하지만 여기에 성함을 남겨 주시겠습니까?

好。
네

換個方式說說看
성함을 남겨 주시겠습니까?
→성함을 써 주시겠습니까? (請寫下您的姓名好嗎？)

主題相關字彙
만원 (客滿)
예약 (預約)
대기 (等候)
대기자 명단 (等候者名單)

帶位

 說韓語的技巧！

「〜어(아, 여)도 되다」，通常置於句尾，接於動詞語幹後，表「怎樣…也可以嗎？」之意。例如：「창문을 열어도 돼요?」（可以開窗戶嗎？）、「이 옷을 입어 봐도 됩니까?」（可以試穿這件衣服嗎？）

我帶您到座位去。這邊請。
자리를 안내해 드리겠습니다. 이쪽입니다.

是的。
네.

抱歉讓您久等。
기다리게 해서 죄송합니다.

不會。
아닙니다.

請小心這邊有門檻。
이쪽에 턱이 있으니까 조심하세요.

是的。可以抽菸嗎？
네. 담배를 펴도 됩니까?

我們餐廳禁菸。
저희 식당은 금연입니다.

嗯。我了解了。
네. 알겠습니다.

主題相關字彙

안내해 주다→안내해 드리다 (帶領的敬語)
이쪽 (這邊)
저쪽 (那邊)
턱 (門檻)
금연 (禁菸)
웨이터 (服務生、Waiter)
종업원 (營業員)

討論菜單

무엇을 주문할까요? 샐러드, 스파게티, 피자등 종류가 많은데요.

저는 토마토소스 스파게티를 먹을게요.

 說韓語的技巧！

點餐的時候可以對店員說：「～주세요」（請給我…）、「～먹을게요」（我要吃…）、「～로 할게요」（我要點…）。例如：「물을 좀 주세요.」（請給我水）、「이 스파게티를 먹을게요.」（我要吃這個義大利麵）、「이 세트로 할게요.」（我要點這份套餐）。

有套餐耶!套餐如何呢?
세트메뉴도 있네! 세트메뉴 어때요?

套餐的量似乎太多了。單點怎麼樣呢?
세트메뉴는 양이 너무 많은 것 같아요. 따로 주문하는 게 어때요?

好啊。
좋아요.

要點什麼呢?有沙拉、義大利麵、披薩等多樣種類。
무엇을 주문할까요? 샐러드, 스파게티, 피자등 종류가 많은데요.

我要吃番茄義大利麵。
저는 토마토소스 스파게티를 먹을게요.

我要再看一下菜單。
저는 메뉴를 좀 더 봐야겠어요.

披薩看起來也很好吃。種類真多啊。
피자도 맛있어 보여요. 종류도 많네요.

那我要吃烤肉口味披薩。
그럼 불고기맛 피자로 할게요.

換個方式說說看
따로 주문하는 게 어때요?
→따로 주문하죠? (分開點吧?)
피자도 맛있어 보여요.
→피자도 맛있을 것 같아요. (披薩似乎很好吃。)

主題相關字彙
주문하다 (點菜、訂購)
~맛 (~口味)

點菜

먼저 이렇게 주문할게요.

더 필요하신 것 있습니까?

要點菜了嗎？
주문하시겠습니까?

請給我海鮮義大利麵和番茄義大利麵以及沙拉。飲料要可樂和汽水。
해물스파게티하고 토마토소스 스파게티 그리고 샐러드
를 주세요. 음료는 콜라하고 사이다로 할게요.

是的。您點的是海鮮義大利麵、番茄義大利麵、沙拉、可樂、汽水。以上
是您點的菜嗎？
네. 해물스파게티, 토마토소스 스파게티, 샐러드, 콜라,
사이다를 주문하셨습니다. 주문하신 내용이 맞습니까?

是的。
네.

還有需要的東西嗎？
더 필요하신 것 있습니까?

先點這樣。
먼저 이렇게 주문할게요.

好的。知道了。
네. 알겠습니다.

換個方式說說看
더 필요하신 것 있습니까?
→다른 것 필요하세요? (需要其他的東西嗎？）
먼저 이렇게 주문할게요.
→먼저 이렇게만 주세요. (請先給我這樣。）

主題相關字彙
외식 (外食)
서비스 (服務、Service)

加點

음식을 주문하는 김에 술도 시켜요.

이미 충분해요. 술은 마시지 말아요.

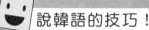 說韓語的技巧！

「～(으)ㄴ/는 김에」，常放句中接在動詞之後，「～(으)ㄴ 김에」是過去發生的事，「～(으)ㄴ/는 김에」是現在或正在進行的事。表「順便」之意，即趁著到…某地，順便做…。例如：「내가 도서관에 가는 김에 책을 좀 빌릴게요.」（我去圖書館借點書。）、「저는 오늘 예전의 여자친구를 만난 김에 인사를 좀 나눴습니다.」（我今天遇到以前的女朋友，就和她寒喧一下。）

122

這家餐廳的菜都很好吃耶。
이 집 요리 다 맛있네요.

對啊。還要再點嗎？
맞아요. 좀 더 시킬까요?

嗯。好。
네. 좋아요.

點菜的同時順便點酒吧。
음식을 주문하는 김에 술도 시켜요.

已經夠了。不要喝酒了。
이미 충분해요. 술은 마시지 말아요.

這樣啊？那再要一次菜單點菜吧。
그래요? 그럼 메뉴판을 달라고 해서 더 주문해요.

好。
좋아요.

不好意思。可以給我菜單嗎？
실례합니다. 메뉴판 좀 주시겠습니까?

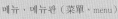 換個方式說說看
음식을 주문하는 김에 술도 시켜요.
→음식을 주문할 때 술도 시켜요. (點菜的時候也點酒。)

主題相關字彙
시키다、주문하다 (點菜)
충분하다 (足夠、充分)
부족하다 (不足、不夠)
메뉴、메뉴판 (菜單、menu)

吃到飽

영애씨는 그것 밖에 안 먹어요?

부족하면 이따가 또 먹을 거예요.

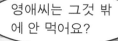

 說韓語的技巧!

「밖에」為補助助詞,接於名詞後面,原意為「外面、在…之外」的意思。但後面若接否定詞「～지 않다、없다、안、못」的話,就變成「只好…、只不過…」的意思。例如:「집에 나밖에 없어.」(家裡只有我。)、「너를 잘 아는 사람은 나밖에 없어요.」(了解你的人只有我。)

東健，盤子上的食物堆的像山一樣。
동건씨, 접시 위에 음식을 산처럼 쌓았어요.

嗯。最近很少吃蔬菜。想多吃點。
네. 요즘 야채를 많이 못 먹어서요. 많이 먹으려고요.

沙拉是無限供應，慢慢吃吧。
샐러드는 무한 리필이니까 천천히 먹어요.

英愛只吃這樣嗎？
영애씨는 그것 밖에 안 먹어요?

不夠的話我等一下會再吃。
부족하면 이따가 또 먹을 거예요.

等一下就所剩無幾囉。
이따가는 남는 음식이 없을 걸요.

菜沒了會再供應的，沒關係。
음식이 없으면 다시 보충하니까 괜찮아요.

也對啦。
그렇군요.

換個方式說說看

영애씨는 그것 밖에 안 먹어요?
→영애씨는 그걸로 충분해요? (英愛這樣夠嗎？)
이따가는 남는 음식이 없을 걸요.
→이따가는 음식이 남지 않을 걸요. (等一下菜就沒了喔。)

主題相關字彙

샐러드 바 (沙拉吧)
무한 리필 (無限供應)

結帳

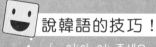 說韓語的技巧！

「～어(아, 여) 주세요」。「주세요」的原意是「請…」之意，但如果動詞接「～어(아, 여) 주세요」就變成「請幫我…之意」。例如：「좀 도와 주세요.」（請幫幫我。）、「이 짐을 좀 들어 주세요.」（請幫我提這個行李。）

track-55

80000元。
팔만 원입니다.

我要刷卡結帳。
카드로 계산해 주세요.

好的。那請在這裡簽名。
네. 그럼 여기에 사인해 주세요.

是。
네.

這是收據。
여기에 영수증이 있습니다.

可以給我一張這家店的名片嗎?
이 가게 명함 한 장 주시겠습니까?

好的。在這裡。
네. 여기 있습니다.

這裡常常有許多客人。下次要預約再來。
여기는 항상 손님이 많더군요. 다음에는 예약을 하고 와야겠어요.

換個方式說說看

카드로 계산해 주세요.
→ 카드로 계산하겠습니다. (刷卡結帳。)
→ 현금으로 계산하겠습니다. (現金結帳。)

主題相關字彙

신용카드로 계산하다 (用信用卡結帳)
현금으로 계산하다 (用現金結帳)
서명、사인 (簽名、Sign)

各付各的

說韓語的技巧！

「따로」為一個副詞，而且也可以重疊「따로따로」，表「另外、個別」之意。例如：「우리 따로따로 가자.」（我們個別走吧）、「따로 밥상을 차려요.」（另擺一桌飯菜。）

這是帳單。

계산서 여기 있습니다.

全部要一起算嗎？

모두 같이 계산하시겠습니까?

不。請分開結。

아니요. 따로 계산해 주세요.

點A餐的是15000元。

A메뉴 주문하신 분은 만 오천 원입니다.

是。

네.

收您20000元。找您5000元。

이만 원 받았습니다. 오천 원 여기 있습니다.

嗯。5000元可以換成1000元面額嗎？

네. 오천 원은 천 원짜리로 바꿔 주시겠습니까?

好的。這裡。

네. 여기요.

換個方式說說看

모두 같이 계산하시겠습니까?
→합쳐서 계산하시겠습니까?
（一起算嗎？）

主題相關字彙

주문하다→주문하시다（點菜的敬語）
사람→분（人的敬語）
밥을 사다, 한 턱 내다（請客）

가격이 좀 비싸지만 국산 사과가 더 맛있어요.

Unit 5 購物

수입 사과를 사요? 아니면 국산 사과를 사요?

新商品

지금 바로 먹어 보고 싶어요.

발렌타인데이 초콜릿은 남자친구에게 선물하는 거예요.

😄 說韓語的技巧！

「～어(아, 여) 보다」通常置於句尾，接在動詞語幹之後，若是現在式或未來式是表「試試或做做看」之意。若是過去式則表「過去經驗」之意。例如：「이 김치를 좀 먹어 봐요.」（吃吃看這泡菜）。「슈퍼주니어의『쏘리 쏘리』를 들어 봤어요?」（你有聽過Super Junior的Sorry Sorry嗎？）

要買什麼呢?
뭐 살 거예요?

嗯…啊!
음...참!

怎麼了?
왜 그래요?

限量版情人節巧克力開始賣了。
한정판 발렌타인데이 초콜릿이 나왔어요.

是嗎?巧克力也有限量版啊?
그래요? 초콜릿도 한정판이 있어요?

現在馬上就想吃。
지금 바로 먹어 보고 싶어요.

情人節巧克力是送給男朋友的禮物。也買給我吧。
발렌타인데이 초콜릿은 남자친구에게 선물하는 거예요.
저도 사 주세요.

真是的!挺會開玩笑的嘛。
어머! 농담도 잘하시네요.

主題相關字彙
발렌타인데이 (情人節、Valentine's Day)
화이트데이 (白色情人節)
크리스마스 (聖誕節)
설날 (春節)
추석 (中秋節)
선물 (禮物)
~에게 선물하다 (送…禮物)
~에게 주다 (給…)

그럼 하루에 열 병 씩 마셔야겠어요.

과하면 오히려 역효과예요. 그러다가 배탈 날 수 있어요.

😃 **說韓語的技巧！**

「그러다가」的後面主要是動詞再接「～(으)ㄹ 수 있다/없다」表「這樣的話…會怎麼樣」之意。例如：「그러다가 일이 생길 수 있어요.」（這樣下去會出事的。）、「그러다가 잠을 못 잘 수 있어.」（這樣下去就沒辦法睡覺了。）

 這是最近流行的瘦身茶。相當受歡迎喔。
이게 요즘 유행하는 다이어트차예요. 인기가 굉장히 많아요.

 光看名字就像瘦身茶。我最近也常喝。
이름만 봐도 다이어트차 같아요. 저도 요즘 자주 마셔요.

 我也是。不知道為什麼喝了就似乎變苗條了。
저도요. 왠지 마시기만 해도 날씬해질 것 같아요.

 真的具有分解脂肪的效果。
정말 지방을 분해하는 효과가 있는데요.

 這樣啊？那我一天要喝10瓶。
그래요? 그럼 하루에 열 병씩 마셔야겠어요.

 喝太多的話會造成反效果喔。還會腹瀉咧。
과하면 오히려 역효과예요. 그러다가 배탈 날 수 있어요.

 開玩笑吧。
농담이에요.

 反正味道好就會常喝嘛。
어쨌든 맛도 좋으니까 자주 마시게 되네요.

換個方式說說看

지방을 분해하는 효과가 있는데요.
→지방 분해 효과가 있는데요. (有分解脂肪效果。)
→지방을 분해할 수 있는데요. (可以分解脂肪。)

主題相關字彙

다이어트하다 (節食)
인기가 많다 (受歡迎)
날씬해지다 (變苗條)
지방을 분해하다 (分解脂肪)

推車

HAPPY SUPERMAKET

그냥 바구니를 사용해요.

별로 필요한 물건이 없는데요.

😊 **說韓語的技巧！**

「별로」為一個副詞，後面常接否定語「～지 않다、없다、못하다」，表「不怎麼…、不太…」之意。例如：「별로 살 것이 없다.」（沒什麼特別要買的。）「오늘 날씨가 별로 좋지 않아요.」（今天天氣不怎麼冷。）另外，當別人問你意見時，也可以用更口語的表達，如：「별로예요」（不怎麼樣，尊敬用法）、「별로야」（不怎麼樣，半語用法。）

需要推車嗎？
쇼핑카트 필요해요?

推車比較方便嗎？
쇼핑카트가 더 편리한가요?

都可以啊。
다 괜찮아요.

沒有什麼需要的東西。
별로 필요한 물건이 없는데요.

那就不需要推車了。就用提籃吧。
그럼 카트가 필요없죠. 그냥 바구니를 사용해요.

嗯。這市場也不大，用推車不方便。
그래요. 이 마트는 좁아서 쇼핑카트를 사용하기 불편해요.

來！提籃在這裡。
자! 바구니 여기 있어요.

嗯。
네.

主題相關字彙

쇼핑카트（推車）
바구니（提籃）
편리하다←→불편하다（方便←→不便）
더（更、再、多）
별로（不怎麼）
시장（市場）
마트（大型超市、Mart）
대형마트（大型商業中心）

수입 사과를 사요? 아니면 국산 사과를 사요?

가격이 좀 비싸지만 국산 사과가 더 맛있어요.

 說韓語的技巧！

「~A? 아니면 ~B?」通常置於句中，前後AB常接對等動詞，表「是A呢？還是B呢？」之意。例如：「지금 물을 마셔? 아니면 쥬스를 마셔?」（現在在喝水呢？還是喝果汁呢？）、「오늘 갈 거니? 아니면 내일 갈 거니?」（今天去？還是明天去呢？）

這蘋果非常便宜。居然是進口水果。
이 사과 무척 싸네요. 근데 수입사과예요.

真的耶。好便宜喔。比韓國蘋果小耶。
정말요. 무지 싸네요. 한국 사과보다는 작네요.

嗯，你看。國產蘋果多大啊。
네. 보세요. 국산사과는 엄청 커요.

這是產地直銷商品。
이건 산지 직송 상품이에요.

怎麼辦呢？要買進口蘋果呢？還是買國產蘋果呢？
어떡해요? 수입 사과를 사요? 아니면 국산 사과를 사요?

雖然價格有點貴，但國產蘋果會比較好吃。
가격이 좀 비싸지만 국산 사과가 더 맛있어요.

這樣啊。那就買國產蘋果吧。確實很新鮮耶。
그래요. 그럼 국산 사과로 사요. 확실히 신선하네요.

嗯。
그래요.

主題相關字彙

수입（進口）
수입품（進口品）
국산（國產）
산지 직송（產地直銷）
산지 직송 상품（產地直銷商品）
가격이 비싸다（價格昂貴）
가격이 싸다（價格便宜）
가격이 적당하다（價格合理）

그럼 한 병사 둡시다.

이 상표가 지금 세일 중이네요.

HAPPY

😊 說韓語的技巧！

「～중이다」通常置於句尾，名詞後直接接「～중이다」，動詞後就接「～는 중이다」，表示「正在…中」之意。例如：「지금 운동 중입니다.」（現在正在運動中。）、「물을 마시는 중이에요.」（正在喝水。）

要買什麼調味料呢？
무슨 조미료를 살 거예요?

胡椒粉。家裡的胡椒粉超過有效期限了。
후춧가루요. 집에 있는 후춧가루가 유통기한이 지났어요.

家裡的醬油也幾乎用完了。
집에 간장도 거의 다 사용했어요.

這樣啊？那買一瓶吧。
그래요? 그럼 한 병 사 둡시다.

這牌子現在在打折喔。
이 상표가 지금 세일 중이네요.

那就買那個吧。
그럼 그걸로 해요.

這牌子的食用醋很有名。食用醋也在打折，要買一瓶嗎？
이 상표의 식초도 유명해요. 식초도 세일 중이니까 한 병 살까요?

食用醋還很多，現在可以先不買。
식초는 아직 많이 있으니까 안 사도 돼요.

換個方式說說看

식초는 아직 많이 있으니까 안 사도 돼요.
→식초는 아직 많이 남았으니까 안 사도 돼요.
（食用醋還剩很多，不用買也可以。）

主題相關字彙

설탕（砂糖）
소금（鹽）
케첩（番茄醬）
고춧가루（辣椒粉）

실례합니다만 말씀 좀 묻겠습니다.

네.

INFORMATION

😄 說韓語的技巧！

「～겠다」是表「未來或推測、自己的意志」或表「委婉表示自己的見解」。例如：「저는 정말 모르겠습니다.」（我真的不知道。）、「너의 뜻을 알겠어.」（我了解你的意思。）、「내일 꼭 가겠습니다.」（明天一定會去。）

不好意思。請問一下。
실례합니다만 말씀 좀 묻겠습니다.

是。有什麼事呢?
네. 무슨 일이십니까?

我是看到傳單而來的,今天男裝在打折嗎?
전단지를 보고 왔는데 오늘부터 남성복 세일합니까?

是的。
네.

在哪一樓呢?
몇 층입니까?

在七樓的特賣會場販賣。請搭那邊的電梯。
칠층의 특설매장에서 합니다. 저쪽 엘리베이터를 이용하십시오.

七樓的特賣會場嗎?
칠층 특설매장이요?

對。沒錯。
네. 맞습니다.

主題相關字彙

말→말씀(說的敬語)
~부터(從…)
~까지(到…)
~세일하다(打折)
특설매장(特設賣場)
상설매장(常設賣場)
남성복、신사복(男裝)
여성복、숙녀복(女裝)

네. 당연하지요.

저기요. 이 옷을 입어 봐도 됩니까?

 說韓語的技巧！

在服飾店內要詢問對方時、在餐廳內要水或餐點時，起頭可以說「저기요」（那邊）、「여기요」（這邊）、「여보세요」（對不相識的人要詢問問題時所起的開頭語或打電話時的喂），這可以說是在韓國很常用的講法。

請問，可以試穿這件衣服嗎？
저기요. 이 옷을 입어 봐도 됩니까?

 嗯。當然可以。請到這邊來。
네. 당연하지요. 이쪽으로 오세요.

 嗯。
네.

 衣服還合身嗎？
옷이 잘 맞습니까?

 尺寸是可以。但顏色不太喜歡耶。
사이즈는 괜찮습니다. 그런데 색이 마음에 안 드는군요.

 您想要什麼顏色的衣服呢？
무슨 색 옷을 원하십니까?

 請給我暗色系的衣服。
어두운 색으로 주세요.

 好的。請稍等一下。
네. 잠시만 기다리세요.

換個方式說說看

이 옷을 입어 봐도 됩니까?
→이 옷을 입어 볼 수 있을까요? (可以試穿這件衣服嗎？)
→이 옷을 입어 보고 싶은데요. (我想試穿這件衣服。)

主題相關字彙

탈의실 (更衣室)
옷이 맞다 (衣服合身)
어두운 색 (暗色)
밝은 색 (亮色)

改尺寸

 說韓語的技巧！

「걸리다」為一個自動詞，有很多種意思，但常用的意思就如文章中表「所需要花費的時間」之意。例如：「학교까지 한 시간이 걸려요.」（到學校要花一小時的時間。）、「한국까지 얼마나 걸립니까?」（到韓國要花多久時間呢？）

您覺得如何呢？
어떻습니까?

尺寸很合。請給我這個。
사이즈도 잘 맞는군요. 이걸로 주세요.

褲子的寬度和長度可以嗎？
바지 넓이와 길이는 괜찮습니까？

長度有點長耶。可以幫我修改長度嗎？
길이가 좀 길군요. 길이를 줄여 주시겠습니까？

好的。大約這樣的長度怎麼樣呢？
알겠습니다. 이 정도 길이가 어떻습니까？

那麼就拜託您了。
그럼 부탁드리겠습니다.

修改褲長要花三天的時間。可以嗎？
바지 길이를 고치는데 삼일이 걸립니다. 괜찮습니까？

沒關係。不急。
괜찮습니다. 급하지 않습니다.

換個方式說說看

바지 길이를 고치는데 삼일이 걸립니다.

→바지 길이를 고치는데 삼일이 필요합니다.（修改褲長需要三天的時間。）

→바지 길이를 고치는데 삼일이 소요됩니다.（修改褲長所需的時間為三天。）

主題相關字彙

사이즈（尺寸、Size）

고치다（修理、修改）

길이（長度）

급하다（急）

包裝

빨간색이요.

리본은 빨간색, 파란색, 노란색이 있습니다. 무슨 색을 원하세요?

說韓語的技巧！

「무슨＋名詞」、「무엇을(뭘)＋動詞」。「무슨」後面通常都接名詞，例如：「무슨 옷을 좋아해요?」（喜歡什麼衣服呢？），「무엇을(뭘)」後面都接動詞，例如：「뭘 생각합니까?」（在想什麼呢？）

 是您自己要用的嗎?
직접 사용하실 물건입니까?

 不是。要送人的。
아니요. 선물할 거예요.

 要幫您放進箱子再包裝嗎?
상자에 넣어서 포장해 드릴까요?

 嗯。請幫我放進箱子。
네. 상자에 넣어 주세요.

 好的。知道了。緞帶有紅色、藍色、黃色。請問您想要什麼顏色呢?
네. 알겠습니다. 리본은 빨간색, 파란색, 노란색이 있습
니다. 무슨 색을 원하세요?

 紅色。
빨간색이요.

 馬上替您包裝。請稍等一下。
금방 포장해 드리겠습니다. 잠시만 기다리세요.

 好的。
네.

 換個方式說說看
무슨 색을 원하세요?
→어떤 색을 원하세요? (請問您想要哪種顏色呢?)

主題相關字彙
포장하다 (包裝)
포장지 (包裝紙)
선물용 (送人用)
성의 (誠意)

宅配運送

 說韓語的技巧！

「알다」為一個他動詞，表「知道、了解、明白」之意。親近的朋友間可用「알아」（知道）、「알겠어」（知道了）；一般尊敬可用「알아요」、「알겠어요」；對長輩或上司就用更為尊敬的「알겠습니다」。能夠應用一個單字的各種語尾，也就能應用各種場合喔。

可以幫我送到家嗎？
집까지 배달 해 주시겠습니까?

好。知道了。可以請您幫我填寫申請表嗎？
네. 알겠습니다. 신청서를 작성해 주시겠습니까?

好。
네.

可以選擇到府日和時間。
도착일과 시간을 선택하실 수 있습니다.

這樣啊？那麼我要26號晚上6點到8點送達。
그래요? 그럼 이십육일 저녁 여섯시에서 여덟시 사이로 하겠습니다.

好。知道了。26號晚上6點到8點替您送達。
네. 알겠습니다.이십육일의 저녁 여섯시부터 여덟시까지 배달됩니다.

嗯。
네.

收到您的申請書表。謝謝。
신청서를 받았습니다. 감사합니다.

換個方式說說看

집까지 배달해 주시겠습니까?
→택배를 이용할 수 있습니까? (可以用宅配嗎？)

主題相關字彙

배달되다 (送到，自動詞)
배달하다 (送到，他動詞)
택배 (宅配)
퀵서비스 (快遞、quick service)

매일 공부는 하는데
듣기가 문제예요.

Unit **6** 人際關係

평소처럼 하면 문제가 없을 거예요.

 說韓語的技巧！

「에」為一副詞格助詞，通常置於名詞之後，「에」的功能很多，表「場所、地點、方向、時間、原因」等等之意。例如：「은정이는 학교에 있어요.」（銀靜在學校。）、「내일 저녁에 약속이 있어요.」（明天晚上有約會。）

早安。
안녕하세요.

早安。
안녕하세요.

去散步嗎？
산책가세요?

是的。今天也要上班嗎？
네. 오늘도 출근하세요?

嗯。因為有工作，所以週末也要上班。
네. 일이 있어서 주말에도 출근합니다.

週末也要上班，真辛苦耶。
주말에도 출근하고 수고가 많네요.

沒有啦。最近不景氣，工作變多心情反而好。
뭘요. 요즘 같은 불경기에 일이 많아서 기분 좋습니다.

那麼，下次再見吧。
그럼, 다음에 또 봅시다.

主題相關字彙

인사하다（打招呼）
산책하다（散步）
산책가다（去散步）
출근하다←→퇴근하다（上班←→下班）
수고하다（辛苦）
불경기（不景氣）
기분이 좋다←→기분이 나쁘다（心情好←→心情不好）

友情

보고서 다 썼어?

벌써 다 썼지. 이미 제출했어.

 說韓語的技巧！

跟朋友同學等很熟的人說話時，通常較不拘泥，除了用普通尊敬的型式（句尾加요）以外，還可以使用半語，就如文章中的對話，通常語尾不加요就是半語，而且半語也較口語化，但是半語語尾的用法也較多，要熟悉各種半語也不是很簡單喔。

報告都寫完了嗎？
보고서 다 썼어?

都寫完了。已經交了。
벌써 다 썼지. 이미 제출했어.

什麼？都已經寫完了！
뭐? 벌써 다 썼다구!

期限到下禮拜啦，不用擔心。
다음 주까지니까 너무 걱정하지 마.

怎麼辦…真不想寫。幫我一下啦！
어떡하지...정말 쓰기 싫다. 좀 도와 줘!

不要。我也很辛苦耶。
싫어. 나도 고생 좀 했어.

是朋友還不幫我…
친구가 도와 주지도 않고...

知道了啦。幫你嘛。下課後在圖書館前見吧。
알았어. 도와 줄게. 수업 후에 도서관 앞에서 보자.

主題相關字彙

제출하다（提出、交）
까지（到…為止）
걱정하다（擔心）
고생하다（辛苦）
고민하다（苦悶）
도와 주다（幫助）
～후에 ←→ ～전에 （～後 ←→ ～前）

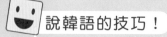 說韓語的技巧！

「～기」為名詞形轉成語尾，是將動詞或形容詞轉變成有敘述語功能的名詞語尾。

例如：「듣다(V)→듣기(N)」（聽）、「말하다(V) →말하기(N)」（說）、「읽다(V) →읽기(N)」（讀）、「쓰다(V)→쓰기(N)」（寫）。

就快要韓語考試了吧？
곧 한국어시험이 있지요?

下禮拜就有考試。
바로 다음 주에 시험이 있어요.

都準備萬全了嗎？
준비는 잘 하고 있어요?

每天都在唸書，但聽力還是個問題。
매일 공부는 하는데 듣기가 문제예요.

像平常一樣的話，應該就沒問題了。
평소처럼 하면 문제가 없을 거예요.

是的。我會全力以赴。
네. 열심히 할게요.

那今天重點要放在聽力練習嗎？
그럼 오늘 듣기연습을 중점적으로 할까요?

嗯。那樣會比較好。
네. 그게 좋겠어요.

換個方式說說看

듣기연습을 중점적으로 할까요?
→듣기연습 위주로 할까요? (以聽力練習為主來練習嗎？)

主題相關字彙

학원 (補習班)
어학학원 (語言學補習班)
회화 (會話)
문법 (文法)
한국어능력시험 (韓語能力考試)

父母節

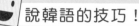

說韓語的技巧！

「～(으)려고 하다、～(으)ㄹ 계획이다、～(으)ㄹ 생각이다」三種句型語意都差不多，表「打算…」之意。例如：「내일 놀이공원에 가려고 해요.」（明天打算去遊樂園）、「내년에 한국에 갈 계획이에요.」（明年打算去韓國。）、「나는 예전의 여자친구를 찾아갈 생각이야.」（我打算去找以前的女朋友。）

 track-70

 下週是父母節。
다음 주가 어버이날이에요.

 嗯。要送什麼禮物呢？
네. 무엇을 선물할 거예요?

 我想送健康食品作為禮物。
저는 건강식품을 선물하려고 해요.

 照顧父母親的健康也是很重要的。
부모님의 건강을 챙기는 것도 중요하지요.

 仁成準備了什麼呢？
인성씨는 무엇을 준비했어요?

 我就直接給現金吧。
저는 그냥 돈으로 드릴 거예요.

 送錢也是個不錯的想法。
돈을 드리는 것도 괜찮은 생각이네요.

 嗯。可以自己買所需要的東西。
네. 필요한 것을 직접 사실 수 있잖아요.

換個方式說說看
돈을 드리는 것도 괜찮은 생각이네요.
→돈을 드리는 것도 좋은 생각 같아요. (送錢似乎也是個不錯的想法。)

主題相關字彙
사다→사시다 (買的敬語)
어버이날 (父母)
스승의 날 (教師節)
어린이날 (兒童節)

書店訂書取貨

저번에 주문한 책 때문에 왔습니다.

네. 성함이 무엇입니까?

 說韓語的技巧！

「～때문에」，接動詞的話用「～기 때문에」，接名詞就用「～때문에」，通常置於句中，表「因為…、因為…的緣故」之意。例如：「비가 오기 때문에 밖에 나갈 생각이 없어요.」（因為下雨所以不想出去外面。）、「너 때문에 나는 항상 슬퍼.」（因為你的關係所以我經常很難過。）

來拿上次訂的書。
저번에 주문한 책 때문에 왔습니다.

好的。您貴姓大名呢？
네. 성함이 무엇입니까?

我的名字是宋慧喬。書名是「韓國文化」。
제 이름은 송혜교입니다. 책 이름은 「한국문화」입니다.

這本書嗎？
이 책이 맞습니까?

是的。沒錯。
네. 맞습니다.

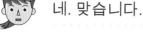

8000元。
팔천 원입니다.

啊！我有帶會員卡。
아참! 회원카드가 있습니다.

好的。用會員卡有打九折，總共是7200元。
네. 회원카드로 십 퍼센트 할인해서 칠천 이백 원입니다.

主題相關字彙

주문하다（訂購、訂）
주문한 책（訂購的書）
서점、책방（書店）
회원카드（會員卡）
% 퍼센트（Percent）
할인하다（打折）
세일하다（打折、sale）

集點卡

 說韓語的技巧！

「～씩」主要接在表示數量的詞後面，表「每多少單位、每多少數量」之意。例如：「한 달에 두 번씩 영화를 봅니다.」（每一個月看兩次電影。）、「한번에 열 명씩 들어갑니다.」（一次10個人進去。）

您有集點卡嗎？
적립카드가 있습니까?

沒有。今天沒帶來。
아니요. 오늘 안 가지고 왔습니다.

那麼我在您的收據上蓋個章。
그럼 영수증에 도장을 찍어 드리겠습니다.

好的。
네.

下次來的時候，請帶這張收據過來。
다음에 오실 때 이 영수증을 가지고 오세요.

知道了。可以幫我把麵包一個一個包裝嗎？
알겠습니다. 빵을 한 개씩 포장해 주시겠습니까?

好的。知道了。
네. 알겠습니다.

嗯。謝謝。
네. 감사합니다.

 換個方式說說看

이 영수증을 가지고 오세요.
→이 영수증을 지참하세요. (請攜帶這張收據。)
빵을 봉투에 넣어 주시겠습니까?
→빵을 봉투에 싸 주십시오. (請幫我把麵包裝進袋子。)

主題相關字彙

빵가게、빵집、베이커리（麵包店、Bakery）
적립하다（積存）

記事本

 說韓語的技巧！

韓國的「띠」（生肖）也是和台灣一樣，分別是「쥐」（鼠）、「소」（牛）、「호랑이」（虎）、「토끼」（兔）、「용」（龍）、「뱀」（蛇）、「말」（馬）、「양」（羊）、「원숭이」（猴）、「닭」（雞）、「개」（狗）、「돼지」（豬）。

曉熙已經買了明年的日記簿了嗎？
소희씨 벌써 내년 다이어리를 사려고요?

嗯。今年沒剩幾天了，現在應該要買了。
네. 올해도 며칠 안 남았으니까 지금 사려고 해요.

已經年底了啊。
벌써 연말이군요.

時間也過太快了吧？
시간이 너무 빨리 지나가죠?

嗯。因為明年是兔年，所以買了兔子插圖的日記簿。
네. 내년은 토끼해이니까 토끼그림의 다이어리를 사세요.

我也這麼想。
저도 그럴 생각이에요.

有貼紙耶。需要貼紙嗎？
스티커도 있네요. 스티커가 필요 있나요?

當然要，貼在重要的日子上就不會忘囉。
그럼요, 중요한 날에 붙여 두면 잊어버리지 않죠.

換個方式說說看
중요한 날에 붙여 두면 잊어버리지 않죠.
→중요한 날에 붙여 두면 잊지 않을 수 있어요.
（貼在重要的日子上就不會忘記了。）

主題相關字彙
다이어리（日記簿、Diary）
해、년（年）
올해、금년（今年）
잊어버리다、까먹다（忘記）

 說韓語的技巧！

「~ㄴ 적(일)이 있다/없다」。通常置於句尾，接於動詞之後，表「曾經做過或曾做過的事」。例如：「양명산에 가 본 적이 있어요?」（有去過陽明山嗎？）、「저 사람을 어디선가 만난 일이 있어요.」（似乎曾在哪裡見過那個人。）

track-74

看過「花樣男子」的漫畫嗎？
만화「꽃보다 남자」본 적 있어?

是拍成連續劇那部嗎？還沒看耶。
아! 드라마로도 찍었지? 아직 안 봤어.

雖然連續劇很有趣，但漫畫更有趣喔。
드라마도 재미있지만 만화가 더 재미있어.

那不是女生看的漫畫嗎？
그거 여자가 보는 만화 아니야?

是那樣嗎？
그런가?

嗯。男生是不看那種漫畫的。
그래. 남자는 그런 만화 안 봐.

內容可是多麼的浪漫啊！
내용이 얼마나 낭만적인데!

比起青春漫畫，我還比較喜歡推理漫畫。
나는 청춘만화보다는 추리만화가 더 좋아.

 換個方式說說看

드라마도 재미있지만 만화가 더 재미있어.
→드라마보다 만화가 더 재미있어. （漫畫比連續劇更有趣。）

主題相關字彙

만화（漫畫）
만화가（漫畫家）
애니메이션（卡通片、Animation）
드라마（連續劇、Drama）

좋아 하지만 잘 부르지는 못해.

노래 부르는 것 좋아하니?

 說韓語的技巧！

「～지 못하다」。通常置於句尾，接在動詞之後，表「不能、無法」之意。例如：「내일 학교에 가지 못해요.」（明天沒辦法去學校。）、「그 여자를 사랑하지 못해」（不能愛上 那女人。）、「슬픔을 참지 못하고 눈물을 흘려요」（忍不住悲傷而掉淚。）

 track-75

你常聽什麼歌呢？
너는 무슨 노래를 자주 들어?

常聽流行歌啊。妳呢？
유행가를 자주 듣지. 너는?

我也喜歡流行歌。
나도 유행가가 좋아.

聽誰的歌呢？
누구 노래를 듣니?

最近在音樂節目排名1、2名的歌都有聽。
요즘 음악프로에서 1, 2위하는 가수 노래는 다 들어.

原來如此。妳喜歡唱歌嗎？
그렇구나. 노래 부르는 것 좋아하니?

雖然喜歡，但唱得不太好。
좋아하지만 잘 부르지는 못해.

這樣啊？那我們一起去KTV吧？我也很喜歡唱歌。
그래? 그럼 우리 같이 노래방이나 갈까? 나도 노래 부르는 것 좋아하거든.

換個方式說說看
너는 무슨 노래를 자주 들어?
→너는 어떤 노래를 즐겨 듣니? (你喜歡聽哪種類型的歌呢？)
좋아하지만 잘 부르지는 못해.
→좋아하지만 잘 못 불러. (雖然喜歡，但不太會唱歌。)

主題相關字彙
유행가、가요（流行歌、歌謠）
노래방（KTV）
즐기다（喜歡）

旅行

비행기표를 예약하고 싶습니다.

어디로 가십니까?

 說韓語的技巧！

「～고 싶다」。通常置於句尾，接於動詞之後，表「想、希望」之意。用於說話者自己用「싶다」，問對方用「싶어요」，用於第三者就用「싶어하다」。例如：「내일 놀이공원에 가고 싶어요.」（明天想去遊樂園。）、「친구들이 공포영화를 보고 싶어해요.」（朋友們想看恐怖片。）

歡迎光臨。
어서오세요.

我想預訂飛機票。
비행기표를 예약하고 싶습니다.

要去哪裡呢?
어디로 가십니까?

釜山。
부산이요.

您說釜山嗎?有想要的日期和航空公司嗎?
부산 말씀이십니까? 원하시는 날짜와 항공사가 있습니까?

從5月29號到6月8號之間。沒有特別想要的航空公司,
但請給我價格較便宜的。
오월 이십 구일부터 유월 팔일 사이입니다. 특별히 원하는 항공사는 없지만 가격이 비교적 저렴한 것으로 주세요.

好的。馬上幫您找看看。
알겠습니다. 금방 찾아 보겠습니다.

對了!請給我直達的班機。
참! 그리고 직항으로 주세요.

換個方式說說看

원하다 (希望、想要)
원하는 날짜 (想要的日子)
원하는 항공사 (想要的航空公司)
저렴하다 (低廉、便宜)
저렴한 비행기표 (便宜的飛機票)
저렴한 것 (便宜的東西)
여행사 (旅行社)

名牌貨

그래요. 하지만 일반 회사원에게는 여전히 비싼 물건이에요.

요즘은 많은 사람들이 명품을 들고 다니니까 예전처럼 접근하기 어려운 물건은 아닌 것 같아요.

 說韓語的技巧！

韓語語句的開頭有很多種，大部分是用來呼應前面所說的話，常用的有그래서（所以）、그러니까（正因為這樣）、그러므로（因此）、그랬더니（因為那樣，結果⋯）、그러나（但是）、그렇지만（但是）、하지만（雖然那樣）等等。

 track-77

 名牌包還真貴耶。
이 명품가방 엄청 비싸네요.

 因為是精品嘛。
최고급품이니까요.

 最近很多人拎著名牌包走來走去，似乎不像以前那樣是難以得到的東西。
요즘은 많은 사람들이 명품을 들고 다니니까 예전처럼
접근하기 어려운 물건은 아닌 것 같아요.

 嗯。但對一般上班族來說還是很昂貴的東西。
그래요. 하지만 일반 회사원에게는 여전히 비싼 물건이
에요.

 對啊。如果有人在紀念日時送我名牌當禮物的話就好了。
맞아요. 기념일에 누군가가 나에게 명품을 선물해 주면
좋겠어요.

 就快到聖誕節了，向男朋友撒嬌一下吧。
곧 크리스마스인데 남자친구에게 애교 좀 부리세요.

 那我男朋友會在夜市買個假名牌。
그럼 제 남자친구는 야시장에서 가짜 명품을 사 줄 걸요.

 哈哈哈。假名牌嗎？便宜又不錯喔。
하하하. 가짜 명품이요? 싸고 좋네요.

主題相關字彙

명품（名牌）
최고급품（精品）
모조품（仿冒品）
위조（偽造）
애교（撒嬌）
애교를 부리다（撒嬌）
애교를 떨다（撒嬌）

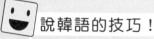

說韓語的技巧！

「～(으)ㄹ 지도 모르다」。通常置於句尾，接於動詞或形容詞之後，語幹有終聲接「～을 지도 모르다」，語幹無終聲接「～ㄹ 지도 모르다」。表「說不定、也許、有可能」之意。例如：「그가 대만에 갈 지도 몰라.」（他說不定會去台灣。）、「그 영화가 재미있을 지도 몰라요.」（說不定那部電影很好看。）

 track-78

第一次來這圖書館嗎？
이 도서관은 처음 이용하세요?

是的。
네.

要借書的話就需要卡片。首先，先在這裡申請卡片。
책을 빌리려면 카드가 필요해요. 먼저 여기에서 카드를
신청하세요.

好的。需要身分證嗎？
알겠습니다. 신분증이 필요합니까?

說不定不需要。
필요없을 지도 몰라요.

我今天沒有帶來，怎麼辦呢？
오늘 안 가지고 왔는데 어쩌죠?

去問那邊的櫃檯小姐吧。
저기 아가씨에게 물어 봅시다.

好。
그래요.

 換個方式說說看
필요없을 지도 몰라요.
→필요없을 수도 있어요. (可能不需要。)

 主題相關字彙
도서관 (圖書館)
도서관 이용카드 (圖書館使用卡片)
신분증 ; 운전면허증 ; 의료보험증 ; 주민등록증
(身分證 ; 駕照 ; 健保卡 ; 居留證)

加入聊天

파일 편집 레이아웃 참조 검토 보기

초대　이 메일　Webcam　마이크　영상

대화상대

☺좋아

☻효리를 불러 볼게

☺어…

☻왜?

A 글꼴　☺▼　🖼️배경▼

전

메시지 받은 시간 2009/7/15오후03:45

MSN Messenger

파일 (F)　대화상대(C)

기능(A)　　도구 (T)　　도움말 (H)

▼ 상태
효리　　오프라인

규현

시원

효정

효리

유성

잔디

 說韓語的技巧！

「～(으)ㄹ 게요」。接於動詞之後，表「承諾或答應做某件事」之意的語尾。例如：「돈이 모자라면 내가 낼게.」（錢不夠的話，就我出錢。）、「가방이 무거우면 내가 들어 줄게요.」（包包重的話，我替你拿。）

 track-79

上線了！

 왔어!

嗯。

 응.

我們三個人一起聊吧。

우리 셋이 같이 이야기하자.

好啊。

 좋아.

我叫一下孝莉。

효리를 불러 볼게.

咦…

 어...

怎麼了？

왜?

嗯。沒進來耶。

 음. 안 들어왔는데

主題相關字彙

이모티콘（圖畫文字、Emoticon）
표정문자（表情文字）
웹캠（網路攝影機、Webcam）
인터넷전화（網路電話）
온라인（上線、on-line）
오프라인（離線、off-line）
차단（封鎖）
삭제（刪除）

사람이 이렇게 많을지 몰랐어요.

방학이고 또 인기화가의
전시회이니까요.

大頭貼

귀여운 배경도 많아요.

이건 낙서도 할 수 있네요. 재미있어 보여요.

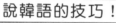說韓語的技巧！

「이건」為「이것은」的縮寫，「이것」表示這個的意思，而「은」為有強調功能的助詞，並且「이것」也可說為「이거」。例如：「이건 제가 좋아하는 반찬이에요.」（這是我喜歡的小菜）、「이거 주세요」（請給我這個。）

 track-80

我們來拍大頭貼。
우리 스티커사진 찍어요.

好啊。
좋아요.

要哪一種背景比較好呢？
어떤 배경이 좋아요?

這種可以塗鴉。看起來很有趣喔。
이건 낙서도 할 수 있네요. 재미있어 보여요.

有很多可愛的背景耶。
귀여운 배경도 많아요.

就這個吧。
이걸로 해요.

好啊。就這個。
좋아요. 바로 이거요.

我去換錢。請等我一下。
돈을 바꾸러 갔다올게요. 잠시만 기다리세요.

換個方式說說看
돈을 바꾸러 갔다올게요.
→돈을 바꿔서 올게요. (我去換錢就來。)

主題相關字彙
스티커사진 (大頭貼)
스티커사진을 꾸미다 (設計大頭貼)
포즈를 취하다 (擺姿勢)
전신 사진 (全身照)

장 소	시 간		시 간		시 간
1 관	09:20~		09:20~11:40		09:20~11:40
2 관	11:50~		11:50~14:00		~14:00
3 관	14:10~16		14:10~16:30		~16:30
4 관	16:40~19:0		16:40~19:00		~19:00
5 관	19:10~21:3		19:10~21:30		19:10~21:30
6 관	21:40~24:0		21:40~24:00		21:40~24:00
7 관	24:10~02:3		24:10~02:30		24:10~02:30

 說韓語的技巧！

「～(이)나」為補助助詞，接於名詞之後，表有選擇性、估量，有「…或…」之意。例如：「커피나 홍차를 주십시오.」（請給我咖啡或紅茶。）、「밥이나 라면이 있으면 좀 주세요.」（如果有飯或泡麵的話請給我。）若不是選擇性的，就表示強調。例如：「너는 참견 말고 밥이나 먹어!」（你別管，吃你的飯吧！）

track-81

吃過晚餐，看個電影吧？
저녁 먹고 영화나 볼까요?

好啊。
좋아요.

吃飯前就先買票會比較好。
그럼 밥 먹기 전에 먼저 표를 사는게 좋겠어요.

嗯。先決定要看什麼電影。
네. 먼저 무슨 영화를 볼지 정해요.

有想看的嗎？
보고 싶은 영화 있어요?

沒有特別想看的電影。哪種電影比較好呢？對不起。我太優柔寡斷了。
특별히 보고 싶은 영화는 없어요. 어떤 영화가 좋을까요?
미안해요. 제가 좀 우유부단해요.

不會啦。沒關係。妳不喜歡恐怖片吧？
아니에요. 괜찮아요. 공포영화는 별로 안 좋아하죠?

嗯。不太喜歡恐怖片。啊！這部電影看起來很有趣耶。
네. 공포영화는 별로예요. 아! 이 영화 재미있어 보이네요.

換個方式說說看

먼저 무슨 영화를 볼지 정해요.
→먼저 어떤 영화를 볼지 결정해요. (先決定要看何種類型的電影。)

主題相關字彙

영화관（電影院）
영화표（電影票）
예매표（預售票）
시사회（試映會）

畫展

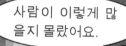

사람이 이렇게 많을지 몰랐어요.

방학이고 또 인기화가의 전시회이니까요.

 說韓語的技巧！

「또」為一個副詞，表「又、再、還」之意。例如：「또 시작했어」（又開始了）、「멋진 얼굴이 있고 또 튼튼한 근육도 있어요.」（有帥氣的臉龐又有結實的肌肉。）、「또 야근하세요?」（又要加班嗎？）

186

好久沒來美術館了。
너무 오랜만에 미술관에 왔어요.

我也很久沒來了。
저도 오랫동안 안 왔어요.

沒想到會這麼多人。
사람이 이렇게 많을지 몰랐어요.

因為是放假，而且又是人氣畫家的展覽。
방학이고 또 인기화가의 전시회이니까요.

人氣畫家的作品果然不一樣。張張都有驚人的爆發力。
역시 인기화가의 작품은 달라요. 그림이 모두 뛰어나네요.

是啊。真可惜不能拍照。
그래요. 사진을 찍을 수 없어서 아쉬워요.

啊！這種地方不能拍照喔？
아! 이런 곳은 사진을 찍을 수 없죠?

你看。那邊有寫呢。
보세요. 저기에 써 있어요.

換個方式說說看

방학이고 또 인기화가의 전시회이니까요.
→방학이기도 하고 또한 인기화가의 전시회이잖아요.
（又是放假，而且又是人氣畫家的展覽嘛。）

主題相關字彙

미술관（美術館）
전시회（展覽）
화랑（畫廊）
촬영금지（禁止拍照）

企鵝寶寶

와! 너무 귀엽게 생겼어요.

네. 맞아요.

 說韓語的技巧！

「～形容詞＋게＋動詞」。「게」接於形容詞語幹後，就會變成副詞。例如：「맛있게 만들었어요.」（做的很好吃。）、「집을 너무 예쁘게 꾸몄네요!」（家裡佈置的很漂亮喔！）、「딸이 너무 귀엽게 생겼어요.」（你的女兒長得很可愛。）

是企鵝耶。
팽귄이에요.

生小寶寶了！
새끼를 낳았네요!

電視新聞也有播喔。
텔레비전 뉴스에도 나왔어요.

哇！長得好可愛喔。
와! 너무 귀엽게 생겼어요.

嗯。對啊。
네. 맞아요.

牠們可以適應這裡夏天的天氣嗎？
이곳의 여름날씨에 적응할 수 있나요?

那裡面應該會開空調。
저 안에는 계속해서 에어컨을 가동할 거예요.

那如果要養企鵝的話，應該會花很多錢喔。
그럼 팽귄을 키우려면 돈이 아주 많이 들겠군요.

換個方式說說看

텔레비전 뉴스에도 나왔어요.
→텔레비전 뉴스로도 보도되었어요. (電視新聞也有報導。)

主題相關字彙

동물원（動物園）
수족관（水族館）
새끼（動物的小寶寶）
낳다（生、下）

黑咖啡

說韓語的技巧！

「마다」為一補助助詞，接於名詞後面，表「每…、各個…」之意。例如：「날마다 농구
를 해요.」（每天打籃球。）、「나는 주말마다 영화를 보러 가요.」（我每個週末去看電
影。）、「아침마다 운동하세요?」（每天早晨都運動嗎？）

要放點奶精嗎？

시럽 좀 넣어 줄까요?

不。牛奶就好了。圭賢呢？

아니요. 우유면 돼요. 규현씨는요?

我喝黑咖啡。

저는 블랙으로 마실래요.

這個咖啡廳很安靜，真不錯。

이 커피숍은 조용해서 좋네요.

對啊。每次我想休息時，都會一個人來這裡。

맞아요. 저는 쉬고 싶을 때마다 혼자 여기에 오기도 해요.

這樣喔。

그래요.

會一個人看小說，也會發呆坐著。

혼자서 소설을 보기도 하고 멍하니 앉아 있기도 해요.

如果常常這麼安靜的話，我也想常來。

항상 이렇게 조용하다면 저도 자주 오고 싶네요.

換個方式說說看

시럽 좀 넣어 줄까요?
→시럽 좀 넣으실래요? (要放一些奶精嗎？)

主題相關字彙

커피숍（咖啡廳）　　　카푸치노（卡布奇諾）
블랙커피（黑咖啡）　　모카（摩卡）
아메리카노（美式咖啡）　에스프레소（義式濃縮咖啡）
라떼（拿鐵）

下午茶

마지막으로 거름망을 사용하여 찌꺼기를 걸러내면서 차를 찻잔에 붓습니다.

 說韓語的技巧！

「～(으)면서」為一連接語尾，有終聲接「～으면서」，無終聲接「～면서」，可接動詞、形容詞，表「一面…一面…、一面雖…卻又…、又…又…」之意。例如：「동생이 밥을 먹으면서 텔레비전을 봐요.」（弟弟一面吃飯一面看電視。）、「그는 선생님이면서 서예가이기도 해요.」（他是老師又是書法家。）

 track-85

 依照這裡所寫的步驟來泡茶看看吧。

여기에 써 있는 순서대로 차를 만들어 봐요.

 那我來唸，您來試試看。

그럼 내가 읽을 테니 당신이 해 보세요.

 好啊。請唸。

좋아요. 읽어 보세요.

 先將熱水倒入茶壺。

먼저 뜨거운 물을 찻주전자에 붇습니다.

 是的。都倒了。

네. 다 부었어요.

 然後蓋上蓋子悶3分鐘。

그리고 뚜껑을 덮고 삼분동안 둡니다.

 3分鐘過了喔。

삼분 지났어요.

 最後用濾網一邊過濾茶渣一邊將茶倒入茶杯。

마지막으로 거름망을 사용하여 찌꺼기를 걸러내면서 차를 찻잔에 붇습니다.

換個方式說說看

여기에 써 있는 순서대로 차를 만들어 봐요.
→여기에 써 있는 순서에 따라서 차를 만들어 봅시다.
（依照這裡所寫的順序來泡茶看看吧。）

主題相關字彙

녹차（綠茶）
홍차（紅茶）
우롱차（烏龍茶）
밀크티（奶茶、Milk Tea）

路邊攤

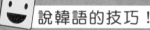
「～(이)라고 하다/부르다」。通常置於句尾，接於名詞之後，有終聲接「～(이)라고 하다/부르다」，無終聲接「～라고 하다/부르다」。表「叫…、稱做…」之意。例如：「이 음식은 떡볶이라고 해요.」（這食物叫辣炒年糕。）、「저는 이호라고 합니다.」（我叫做李浩。）

夜市還真擁擠耶。
야시장이 엄청 붐비네요.

嗯。每天晚上人都這麼多。吃路邊攤可以嗎？
네. 매일 저녁마다 이렇게 사람이 많아요. 포장마차 음식 괜찮아요?

我沒吃過台灣路邊攤的食物耶。
대만의 포장마차 음식은 먹어 본 적이 없어요.

要挑戰看看嗎？我知道有好吃的店家。
도전해 볼까요? 제가 맛있는 집을 알아요.

那去吃一次看看吧。
그럼 한번 먹어 볼까요?

先吃這家的炸豆腐怎麼樣呢？
먼저 이 가게의 튀긴 두부를 먹는 게 어때요?

味道好奇怪喔。能吃嗎？
그런데 냄새가 특이하네요. 먹어도 돼요?

嗯。是台灣有名的發酵豆腐。因為味道臭而叫做「臭豆腐」。
네. 대만에서 유명한 발효 두부인데요. 냄새가 심해서 「臭豆腐」라고 불러요.

換個方式說說看
도전해 볼까요?→시도해 보겠어요? (要試試看嗎？)

主題相關字彙
시장 (市場)
야시장 (夜市)
노점 (地攤)
포장마차 (路邊攤)
길거리 음식 (路邊食物)
유명한 음식 (有名的食物)

養兔子

😀 **說韓語的技巧！**

「참」為一個感嘆詞，就像中文的「啊、對了」之意。例如：「참 깜박 잊어버렸어.」
（啊，突然忘記了。）

「참」也是一個副詞，表「真、真正」之意。例如：「그 남자의 얼굴이 참 멋지다.」
（那男人的長相真帥啊。）

養兔子當寵物。真的好新奇啊。養兔子很累人的。

애완동물로 토끼를 기른다니. 참 신기하네요. 토끼는 기르기 힘들거든요.

這樣啊？我想養兔子看看耶。

그래요? 저는 토끼를 길러 보고 싶은데요.

妳喜歡兔子嗎？

토끼를 좋아하세요?

嗯。真的很喜歡。所以現在在研究兔子各方面的知識。

네. 정말 좋아해요. 그래서 지금 여러 방면으로 연구 중이에요.

想要哪種品種的兔子呢？

어떤 품종의 토끼를 원하세요?

想要這種的兔子。耳朵向下垂的品種。

이런 종류의 토끼를 원해요. 귀가 아래로 떨어지는 품종이요.

長的像小狗一樣嗎？

강아지처럼 생겼는데요?

哪裡像狗啊！你看。這裡不是寫著澳大利亞野兔嗎！

강아지라니요! 보세요. 여기에 오스트레일리아 야생토끼라고 써 있잖아요!

換個方式說說看

지금 여러 방면으로 연구 중이에요.

→지금 여러가지 자료를 수집하고 있어요. (現在正在蒐集各種資料。)

主題相關字彙

애완동물 (寵物)	토끼 (兔子)
강아지 (小狗)	햄스터 (小老鼠、Hamster)
고양이 (貓)	파충류 (爬蟲類)

買花

여자친구에게 선물할 건데 추천 좀 해 주시겠어요?

꽃다발을 만들면 좋아요. 화분을 선물하셔도 좋고요.

說韓語的技巧!

「에게」為一副詞格助詞,「에게」的敬語為「께」, 接在有情名詞之後(人或動物)。表「對…、被…、向…」之意。例如:「그 일은 저에게 너무 어렵습니다.」(那工作對我來說太難了。)、「그 범인이 경찰에게 잡혔어요.」(那犯人被警察抓了。)

track-88

歡迎光臨。不介意的話，讓我來替您服務。
어서오세요. 괜찮으시다면 제가 안내해 드리겠습니다.

嗯。我想要買花。
네. 꽃을 사려고 하는데요.

要送禮物的嗎？
선물하실 거예요?

對。要送女朋友禮物，可以推薦一下嗎？
네. 여자친구에게 선물할 건데 추천 좀 해 주시겠어요?

做花束會比較好喔。送花盆也很好。
꽃다발을 만들면 좋아요. 화분을 선물하셔도 좋고요.

那請幫我選可以放在桌子的花盆。
그럼 탁자에 놓을 수 있는 화분으로 골라 주세요.

這種花盆怎麼樣呢？花很香喔。
이런 종류의 화분은 어떻습니까? 꽃이 매우 향기롭답니다.

好。請給我那個。
네. 그럼 그걸로 주세요.

換個方式說說看

꽃을 사려고 하는데요.→꽃를 사고 싶습니다. (我想買花。)
꽃이 매우 향기롭답니다.→꽃 향기가 매우 좋습니다. (花的香氣很香。)

主題相關字彙

꽃가게 (花店)
생화 (鮮花)
꽃다발 (花束)
꽃바구니 (花籃)
화분 (花盆)

包紅包

대만의 풍습과 비슷하네요.

네. 결혼식에 초대 받으면 축의금을 내는 것이 예의지요.

😊 **說韓語的技巧！**

「～(와)과 비슷하다」。可置於句中或句尾。「～(와)과 비슷하다」是表「和…相似」之意。「～(와)과 다르다」是表「和…不同」之意。例如：「나는 남동생과 비슷하게 생겼어요.」（我和弟弟長的很像。）、「그의 생각은 나와 달라요.」（他的想法和我不同。）

這叫做禮金。把新鈔放入裡面送給人家就可以了。

이것은 축의금이라고 해요. 새 돈을 여기에 넣어서 주면 돼요.

和台灣的風俗蠻相似的。

대만의 풍습과 비슷하네요.

嗯。收到結婚邀請的話,送禮金是種禮貌。

네. 결혼식에 초대 받으면 축의금을 내는 것이 예의지요.

在台灣送禮金時,是用紅包。

대만에서 축의금을 낼 때는 빨간 봉투를 사용해요.

是嗎?韓國是用白包耶。

그래요? 한국에서는 흰 봉투를 사용해요.

喜事或喪事都用白包嗎?

좋은 일이나 나쁜 일 모두 흰 봉투를 사용하나요?

對。不論喜事、喪事都用白包。

네. 좋은 일, 나쁜 일 상관없이 모두 흰 봉투를 사용해요.

這就和台灣不一樣了。

그 부분은 대만과 다르군요.

(換個方式說說看)

좋은 일이나 나쁜 일 모두 흰 봉투를 사용해요.
→좋은 일이든 나쁜 일이든 모두 흰 봉투를 사용해요.
(不論好事或壞事都是用白包。)

(主題相關字彙)

결혼식 (結婚典禮)
축의금 (禮金)
장례식 (葬禮)
조의금 (奠儀)

生日派對

알겠어요. 준비할게요.

케익은 성민씨가 사 온다고 했어요. 선물은 각자 가져오고요.

 說韓語的技巧！

「～ㄴ/는 다고 하다」通常置於句尾，為引述第三者的話或文章，表永恆不變的事實，有表「誰說…」之意。例如：「시원씨가 결혼 한다고 해요.」（聽說始源要結婚了。）、「오늘 저녁에 불고기를 먹는 다고 해요.」（聽說今天晚上吃烤肉。）

 track-90

下週六要舉辦厲旭的生日派對。東海有聽說嗎？
다음 주 토요일에 려욱씨의 생일파티를 열려고 해요. 동해씨도 들었지요?

什麼？還沒聽說耶。在哪裡舉行啊？
네? 아직 못 들었는데요. 어디에서 하나요?

在市政府附近的KTV，晚上7點開始。
시청 근처의 노래방에서 저녁 일곱시에 시작해요.

啊，那裡啊。那蛋糕和禮物怎麼辦呢？
아, 거기요. 그럼 케익하고 선물은 어떡해요?

晟敏說會買蛋糕去。禮物就各自準備帶去吧。
케익은 성민씨가 사 온다고 했어요. 선물은 각자 가져오고요.

知道了。我會準備。
알겠어요. 준비할게요.

因為想給厲旭一個驚喜，所以不要說喔。
려욱씨를 놀라게 할 생각이니까 말하지 마세요.

OK！到生日當天為止都會保密的。
OK! 생일날까지 비밀로 할게요.

換個方式說說看
아직 못 들었는데요.
→저는 들은 적 없는데요. (我沒聽說過。)

主題相關字彙
생일 (生日)
생일파티 (生日派對)
비밀로 하다 (當作秘密)
비밀을 지키다 (保密)

健身器材

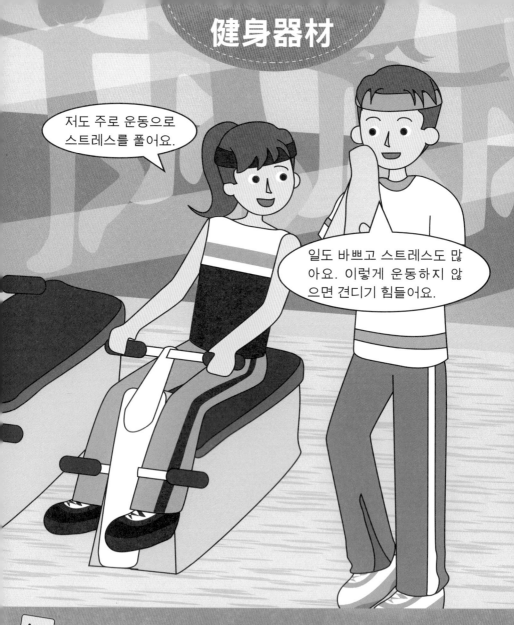

저도 주로 운동으로 스트레스를 풀어요.

일도 바쁘고 스트레스도 많아요. 이렇게 운동하지 않으면 견디기 힘들어요.

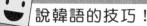 說韓語的技巧！

「～기 힘들다」。接於動詞之後，表「很辛苦、很累、難以…」之意。例如：「산이 너무 높아서 올라가기 힘들어.」（山太高了，難以爬上去。）、「숙제가 많아서 정말 하기 힘들어요.」（作業很多，做得很累。）

track-91

哎呀！銀赫，最近常見到你耶。
어머! 은혁씨 요즘 자주 보네요.

是啊。我們很常見喔。一個星期來幾次呢？
그러게요. 우리 너무 자주 보네요. 일주일에 몇 번 오세요?

一週來3次以上。銀赫呢？
한 주에 세 번 이상은 와요. 은혁씨는요?

我一週來一兩次就很吃力了。最近常加班。
일주일에 한두 번 오기도 힘들어요. 요즘 야근이 많거든요.

這樣啊。看來工作很忙。
그래요. 일이 굉장히 바쁜가 봐요.

嗯。工作忙碌且壓力又大。如果再不運動的話就撐不住了。
네. 일도 바쁘고 스트레스도 많아요. 이렇게 운동하지 않
으면 견디기 힘들어요.

我也是每週以運動來紓解壓力。特別是以瑜伽來消除壓力。
저도 주로 운동으로 스트레스를 풀어요. 특히 요가로 스트
레스를 해소하죠.

瑜伽嗎？我也想試試看。
요가요? 저도 해 보고 싶네요.

換個方式說說看
저도 주로 운동으로 스트레스를 풀어요.
→저도 주로 운동을 통해서 스트레스를 해소해요.
（我也是每週透過運動來消除壓力。）
→저도 주로 운동을 이용해서 스트레스를 없애요.
（我也是每週利用運動來消除壓力。）

主題相關字彙
스포츠센터（健身中心、Sport Center）　　　요가（瑜伽）
헬스（健身、Health）　　　유산소운동（有氧運動）

吃便當

네. 회사에 오는 날은 도시락을 꼭 준비하니까 거의 매일 도시락을 싸 오는 셈이에요.

매일 도시락을 싸 오세요?

說韓語的技巧！

「～ㄴ/는/ㄹ 셈이다」。接於形容詞後用「～(으)ㄴ 셈이다」；接於動詞現在式後用「～는 셈이다」，接於動詞過去式用「～(으)ㄴ 셈이다」；接於未來式用「～(으)ㄹ 셈이다」。通常置於句尾，表「算是…」之意。例如：「거의 매일 오는 셈이에요.」（幾乎算是每天來。）

藝聲在這公園吃午餐嗎？
희선씨는 점심을 이 공원에서 드세요?

嗯。除了下雨天，每天都在這裡吃。
네. 비 오는 날만 빼고 매일 여기에서 먹어요.

在這裡吃的話，心情會比較好。
여기서 먹으면 기분 좋겠어요.

嗯。我吃飽飯後會看看書、散散步。
네. 밥을 먹은 후에 책도 보고 산책도 해요.

每天都帶便當來嗎？
매일 도시락을 싸 오세요?

嗯。來公司我一定會準備便當，幾乎每天都帶便當來。
네. 회사에 오는 날은 도시락을 꼭 준비하니까 거의 매일 도시락을 싸 오는 셈이에요.

每天嗎？真了不起啊。
매일이요? 정말 대단해요.

沒有啦。每天早上起來準備，現在都變習慣了。
아니에요. 매일 아침마다 싸다 보니까 이제는 습관이 됐어요.

換個方式說說看

매일 아침마다 싸다 보니까 이제는 습관이 됐어요.
→매일 아침마다 싸니까 이제는 습관이에요.
（每天早上準備，現在都習慣了。）

主題相關字彙

공원（公園）
휴식공간（休息場所）
점심시간（午餐時間）
도시락을 싸다（準備便當）

學游泳

할 수 있을까요?

문제없어. 저번 주에 이미 이십 미터까지 했으니까 괜찮을 거야.

說韓語的技巧！

「～ㄹ/을 거다/거예요/거야/겁니다」。通常置於句尾，接於動詞之後，表「意志、推測」之意。例如：「내일 학교에 갈 거야.」（明天會去學校。）、「비가 올 거예요.」（要下雨了。）

 track-93

現在不怕水了喔。

이제는 물을 안 무서워하네.

嗯。多虧了前輩。謝謝。

네. 다 선배 덕분이에요. 고마워요.

今天就用自由式游25公尺吧。

오늘은 자유형으로 이십오 미터를 가는 걸로 하자.

可以嗎？

할 수 있을까요?

沒問題。上禮拜已經游20公尺了，沒關係啦。

문제없어. 저번 주에 이미 이십 미터까지 했으니까 괜찮을 거야.

嗯。那試一次看看吧。

네. 그럼 한 번 해 볼게요.

那就先做熱身操吧。

그럼 먼저 준비체조부터 하렴.

知道了。等一下喔。

알겠어요. 잠시만요.

換個方式說說看

오늘은 자유형으로 이십오 미터를 가는 걸로 하자.
→오늘은 자유형으로 이십오 미터를 가기로 하자.
（今天就決定用自由式游25公尺吧。）
→오늘은 자유형으로 이십오 미터를 가 보자.
（今天就用自由式游25公尺看看吧。）

主題相關字彙

자유형（自由式）　　접영（蝶式）
배영（仰式）　　다이빙（跳水、Diving）

說韓語的技巧！

「～(으)ㄴ가요?」為表疑問的終結語尾，形容詞後接「～(으)ㄴ가요?」，名詞後接「～인가요?」。例如：「예쁜가요?」（漂亮嗎？）、「같은가요?」（一樣嗎？）、「그 사람이 선생님인가요?」（那人是老師嗎？）

我想寄信到韓國。

편지를 한국으로 부치려고 합니다.

是航空郵件嗎？

항공우편입니까?

如果用最快的郵件寄，要花幾天呢？

가장 빠른 우편으로 부치면 며칠이나 걸려요?

快捷的話三天就到了。費用要再加50元。

빠른 우편은 삼일이면 도착하고요. 요금은 오십 원이 추가됩니다.

那麼我要寄快捷。

그럼 빠른 우편으로 할게요.

知道了，總共是150元。

알겠습니다. 모두 백오십 원입니다.

EMS和快捷不一樣嗎？

EMS하고 빠른 우편이 다른가요?

EMS會貴一點。但因為有賠償制度，所以可以放心使用。

EMS가 좀 더 비쌉니다. 그렇지만 배상제도가 있기 때문에 안심하고 이용할 수 있습니다.

換個方式說說看

빠른 우편으로 부치면 며칠이나 걸려요?
（用快捷郵件寄的話，要花幾天呢？）
→빠른 우편으로 부치면 며칠 후에 도착해요?
（用快捷郵件寄的話，幾天後會到呢？）

主題相關字彙

국제우편（國際郵件）　　　보통우편（一般郵件）
항공우편（航空郵件）　　　빠른 우편（快捷郵件）

換韓幣

대만돈을 한국돈으로 바꾸고 싶습니다.

네. 여기에 기본자료를 작성해 주십시오.

說韓語的技巧！

「～(으)십시오」。通常置於句尾，是最尊敬的終結語尾。接於動詞後，表「請求」之意；接於形容詞或一部分動詞後，表「祝福」之意。例如：「저를 좀 도와 주십시오.」（請幫幫我）、「안녕히 가십시오.」（再見／一路好走。）

我想把台幣換成韓幣。
대만돈을 한국돈으로 바꾸고 싶습니다.

是。請在這邊填寫基本資料。
네. 여기에 기본자료를 작성해 주십시오.

好。在這裡。
여기 있습니다.

好的。手續費是100元。
수수료는 백 원입니다.

好。在這裡。
네. 여기 있습니다.

今天韓幣的匯率是35。請在這邊簽名。
오늘의 한국돈 환율은 삼십오입니다. 여기에 사인해 주십시오.

好。知道了。
네. 알겠습니다.

謝謝您。祝您有美好的一天。
감사합니다. 좋은 하루 되십시오.

換個方式說說看

대만돈을 한국돈으로 바꾸고 싶습니다.
→대만돈을 한국돈으로 환전하고 싶습니다. (我想將台幣換成韓幣。)

主題相關字彙

환전 (換錢)
환율 (匯率)
은행업무 (銀行業務)
외환업무 (外匯業務)

출구에서 가까운 복도 좌석으로 주십시오.

죄송합니다만 출구 쪽 복도 자리는 이미 다 찼습니다.

說韓語的技巧！

「벌써、이미」皆為副詞，表「已經、早就」之意。例如：「밥을 이미 먹었어요.」（已經吃過飯了。）、「밖이 벌써 어두워졌어요.」（外面已經天黑了。）、「벌써 가시려구요?」（這麼早就要走了嗎？）

有想要的座位嗎？

원하시는 좌석이 있습니까?

請給我靠走道的座位。而且要離出口近的走道座位。

복도 쪽 좌석을 원합니다. 그리고 출구에서 가까운 복도 좌석으로 주십시오.

抱歉，靠近出口的走道座位都已經額滿了。中間的座位怎麼樣呢？

죄송합니다만 출구 쪽 복도자리는 이미 다 찼습니다. 중간자리는 어떻습니까?

那麼請給我中間的走道座位。

그럼 가운데 쪽의 복도좌석으로 주십시오.

好的。知道了。有要托運的行李嗎？

네. 알겠습니다. 부치실 짐이 있습니까?

不。沒有。

아니요. 없습니다.

這是機票。出發在B6登機門，搭機時間是下午3點30分。

여기 탑승권 있습니다. 출발은 B6게이트이고 탑승시간은 오후 세시 삼십분입니다.

好的。謝謝。

네. 감사합니다.

換個方式說說看

부치실 짐이 있습니까?
→짐을 부치시겠습니까? (要托運行李嗎？)

主題相關字彙

출국（出國）　　　　　　복도좌석（走道座位）
탑승수속（搭乘手續）　　짐을 부치다（寄的敬語為부치시다）
창가좌석（窗口座位）　　（寄放行李、托運行李）

感冒

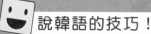 說韓語的技巧！

「~(으)ㄹ 까요?」。表「要不要……」之意，並帶有詢問對方的意見。例如：「같이 스파게티를 먹으러 갈까요?」（要不要一起去吃義大利麵？）、「열어 볼 까요?」（要不要打開看看？）

從昨天晚上開始就發燒又疲累。
어제 저녁부터 열이 나고 몸이 피곤해요.

有咳嗽嗎?
기침을 하세요?

沒有。但一直流鼻水。
아니요. 기침은 안 해요.

要看一下喉嚨,請把嘴巴張開。
목을 좀 볼까요?입을 좀 벌려 보세요.

好。「啊」
네. "아"

是流行性感冒。
유행성 감기입니다.

喔。因為明天有重要的會議,一定要去公司,可以嗎?
그래요. 내일 중요한 회의 때문에 회사에 가야 하는데 괜찮을까요?

不行。要在家休息2、3天。
안됩니다. 집에서 이삼일은 쉬어야 해요.

換個方式說說看

내일 중요한 회의 때문에 회사에 가야 하는데 괜찮을까요?
→내일 회의가 중요해서 꼭 출근해야 해요. 괜찮을까요?
(明天的會議很重要,所以一定要上班,可以嗎?)

主題相關字彙

진료 (診療)	기침을 하다 (咳嗽)
증상 (症狀)	머리가 아프다 (頭痛)
열이 나다 (發燒)	목이 아프다 (喉嚨痛)

算命

我有想去的地方，要一起去嗎？
제가 가고 싶은 곳이 있는데 같이 가 줄래요?

好啊。是哪裡呢？
좋아요. 어디예요?

是明洞有名的算命店。
명동에 유명한 점집이요.

算命？那可以信嗎？
점을 봐요? 그거 믿을 수 있어요?

聽說很準喔。
듣자하니 아주 정확하데요.

用什麼算的呢？
뭘로 점을 봐요?

其實我也不太清楚。
사실은 저도 잘 몰라요.

我也想算一下愛情運⋯那一起去吧。
저도 애정운을 보고 싶은데... 그럼 같이 가요.

換個方式說說看
듣자하니 아주 정확하데요.
→듣자하니 아주 용하데요.（聽說很厲害喔。）

主題相關字彙
민간신앙（民間信仰）
점을 보다（算命）
손금을 보다（看手相）
점성술（占星術）

染頭髮

머리스타일을 바꾸시겠어요?

이 스타일을 좋아하거든요. 이 스타일을 유지해 주세요.

說韓語的技巧！

「～거든」。表「事實或原因」的終結語尾。例如：「백화점에 사람이 많아요. 세일을 하거든요.」（百貨公司很多人，因為在打折嘛。）

「～거든～」如果置於句中做連結語尾的話，則表「如果」之意，和「면」相同。例如：「만약에 비가 오거든 데이트를 다음 주로 미루자.」（如果下雨的話，約會就延到下週吧。）

麻煩你幫我剪髮和染髮。

머리를 좀 자르고 염색해 주세요.

要剪多少呢？

얼마나 자를 거예요?

因為我想留長，請稍微幫我修一下髮尾就好。

머리를 기를 거니까 머리 끝을 조금만 잘라 주세요.

要換髮型嗎？

머리스타일을 바꾸시겠어요?

我喜歡這個髮型。請幫我維持這個型。

이 스타일을 좋아하거든요. 이 스타일을 유지해 주세요.

要染什麼顏色呢？

무슨 색으로 염색하시겠어요?

哪種顏色適合呢？

무슨 색이 어울릴까요?

因為您的皮膚很好，所以應該都很適合。

손님은 피부가 좋아서 다 잘 어울릴 거예요.

換個方式說說看

손님은 피부가 좋아서 다 잘 어울릴 거예요.
→손님은 피부가 좋아서 어떤 색도 괜찮을 거예요.
（因為您的皮膚很好，什麼顏色應該都很適合。）

主題相關字彙

미장원、미용실（美容院）
파마（燙髮）
커트（剪髮）
염색（染髮）

芳香精油

> 이건 무슨 효과가 있어요?

> 이건 정신을 맑게 해요.

精油療法可以減壓喔。

아로마 요법은 스트레스를 줄일 수 있어요.

最近很流行精油療法嗎?

요즘 아로마 요법이 유행이에요?

嗯。可以舒緩壓力和疲勞喔。根據精油的種類,其效能也會有所不同喔。

네. 스트레스와 피로를 완화시킬 수 있어요. 아로마 오일의 종류에 따라서 효능도 달라요.

這樣啊。

그래요.

我喜歡這茉莉精油的香味。你覺得呢?

저는 이 자스민 향의 아로마 오일을 좋아해요. 어때요?

味道很香耶。這個有什麼效果呢?

향기가 좋네요. 이건 무슨 효과가 있어요?

這可以放鬆心情。詳細的效用就去問店員好了。

이건 정신을 맑게 해요. 자세한 효능은 점원에게 물어 봐요.

店員現在看起來很忙耶。

점원이 지금 바빠 보이네요.

換個方式說說看

점원이 지금 바빠 보이네요.
→점원이 지금 바쁜 것 같아요. (店員現在好像很忙。)

主題相關字彙

아로마 요법 (精油療法)
아로마 치료 (精油治療)
아로마 오일 (精油)
아로마 향기 (精油香氣)

國家圖書館出版品預行編目資料

全圖解！韓語會話口說便利本
金敏珍,第二外語發展語研中心著. --初版.
新北市 : 知識工場 , 2017.07
面；公分 · --（韓語通；08）
ISBN 978-986-271-772-1（平裝附光碟片）
1.韓語　　2.會話

803.288　　　　　　　　　　　　106008252

知識工場 · 韓語通 08

全圖解！韓語會話口說便利本

出 版 者／全球華文聯合出版平台 · 知識工場
作　　者／金敏珍、第二外語發展語研中心
出版總監／王寶玲　　　　　　　　文字編輯／蔡靜怡
總 編 輯／歐綾纖　　　　　　　　美術設計／吳佩真

郵撥帳號／50017206 采舍國際有限公司（郵撥購買，請另付一成郵資）
台灣出版中心／新北市中和區中山路2段366巷10號10樓
電　　話／（02）2248-7896
傳　　真／（02）2248-7758
ISBN-13／978-986-271-772-1
出版日期／2017年07月

全球華文市場總代理／采舍國際
地　　址／新北市中和區中山路2段366巷10號3樓
電　　話／（02）8245-8786
傳　　真／（02）8245-8718

港澳地區總經銷／和平圖書
地　　址／香港柴灣嘉業街12號百樂門大廈17樓
電　　話／（852）2804-6687
傳　　真／（852）2804-6409

全系列書系特約展示
新絲路網路書店
地　　址／新北市中和區中山路2段366巷10號10樓
電　　話／（02）8245-9896
網　　址／www.silkbook.com

本書全程採減碳印製流程並使用優質中性紙（Acid & Alkali Free）最符環保需求。

本書為韓語名師及出版社編輯小組精心編著覆核，如仍有疏漏，請各位先進不吝指正。來函請寄
iris@mail.book4u.com.tw，若經查證無誤，我們將有精美小禮物贈送！